狼與辛香料 XI

Side Colors II

支倉凍砂
Isuna Hasekura

Illustration
文倉 十
Jyuu Ayakura

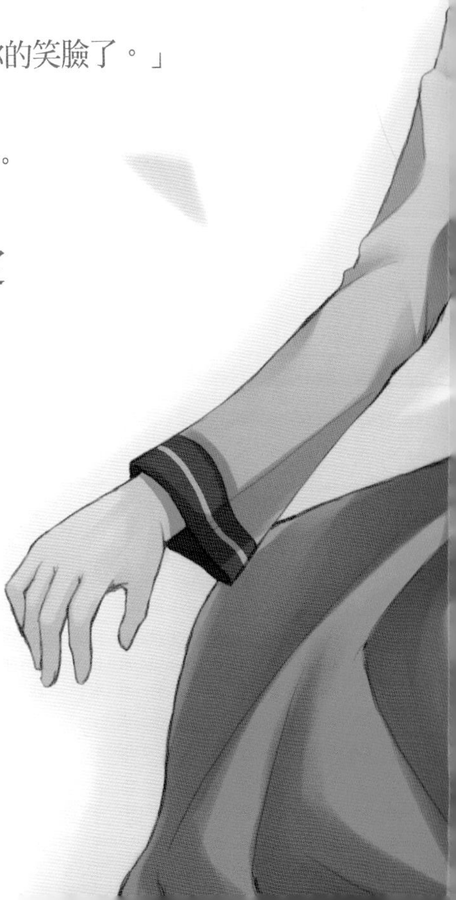

「這樣我就永遠不會忘記妳的笑臉了。」
赫蘿的尾巴輕輕膨起，
並且稍微加重握手的力道。

狼與金黃色的約定

看見赫蘿的睡臉後，羅倫斯只能輕輕嘆息，然後走下床。

——故事的開始是因為一張地圖。
狼與嫩草色的繞道

「我知道自己沒有站穩腳步。
要是能夠跨出這窗框，我甚至覺得自己會就這麼飛向天空去。」
芙洛兒一邊看向耀眼陽光灑落的中庭，
一邊瞇起眼睛說道。
黑狼的搖籃

Contents

狼與辛香料 XI

Side Colors II

狼與金黃色的約定

把軟綿綿的麵團用力甩在調理台上。

用指甲在麵團上畫出曲線，倒入清水，再隨意種上矮樹。

如此一來，便能呈現出眼前的光景。

羅倫斯坐在馬車駕座上這麼想著，隨即想到好些天沒吃過、剛出爐的麵包香味，不禁嚥下一口口水。

不過，離開城鎮才三天，理應還不至於讓人懷念起熱騰騰的食物。以前只要準備快發霉、像石頭一樣硬梆梆的燕麥麵包和一小撮鹽巴，就能越過一座山頭。想到這裡，羅倫斯不禁覺得麵包搭著葡萄酒，再配上一道小菜的旅途餐點，簡直奢侈得嚇人。

雖然羅倫斯不斷告訴自己不應該如此奢侈，但近來的旅途上，荷包袋口已經有好一段時間變得相當寬鬆，而心情也同樣寬鬆起來。

從十八歲自立門戶後，羅倫斯已踏入第七年的行商之旅，而今年說不定是他一生中最豪華的旅行。

「雞腿肉。」

或許是聽見了羅倫斯忍不住嚥下口水的聲音，同坐在駕座上的旅伴這麼說。

旅伴把臉埋在狐狸皮草圍巾裡，悠哉地用梳子梳理手上的蓬鬆皮草。
旅伴拿在手上的不是狗皮草或狐狸皮草，而是獨特的狼皮草。
狼皮草的料子普遍粗而短，看起來比較寒酸。
然而，從旅伴現在拿在手上的皮草質感看來，就是形容為頂級品也不誇張；而到了晚上，它溫暖的程度甚至可說是一種奇蹟。
旅伴不時用嘴巴輕咬著皮草，仔細地用梳子梳理。
如果要買這狼皮草，不知得花上多少錢？
羅倫斯原本這麼想，但又改變了想法。
他心想，根本不該思考要花多少錢去買，而是該思考能賣多少錢才對。
因為這皮草並非加工品，而是至今仍活生生長在狼身上的尾巴。
「那是妳自己想吃的食物吧？」
聽到羅倫斯這麼說，旅伴赫蘿微微動著耳朵。
那是一對與狼尾巴顏色相同，昂然挺立的耳朵。
那耳朵輕巧地落在被栗色柔順長髮覆蓋的頭頂上，怎麼看都不像人類的耳朵。
與羅倫斯坐在同一個駕座、看起來只有十來歲的少女赫蘿，是一個擁有狼耳朵和尾巴的非人存在，其真實模樣是一隻寄宿在麥子裡，並掌控麥子豐收的巨狼。

「比起公雞，母雞的肉質比較好。」

「而且母雞還會下蛋。」

羅倫斯聯想起仔細攪拌後，下鍋炒得柔軟蓬鬆的煎蛋。他心想，每次跟這隻狼聊天，老是會聊起食物的話題。

雖然赫蘿自稱是約伊茲的賢狼，但她的庸俗程度讓人類根本無法與之相比。

「雞肉……活雞肉有種獨特的彈性，加上那鮮味真是讓人受不了。不過雞毛有些討人厭……」

如果赫蘿是在開玩笑，羅倫斯或許會露出僵硬的苦笑，只可惜赫蘿並非在開玩笑。

赫蘿的嘴唇底下藏著尖銳利牙。

「雖然我沒有生吃過雞肉，但料理就是要下工夫烹調才好吃。」

「喔？」

「先拔掉雞毛，再取出內臟、去除骨頭，然後放入香草一起蒸，再跟蔬菜一起汆燙，跟著把餡料塞進肚子裡，再淋上熱油讓雞皮變得酥脆，最後抹上香味十足的堅果油再烤過一次……喂！口水流出來了！」

「嗯……………嗯……」

羅倫斯也是僅止於聽說，沒親口嚐過這道豪華的雞肉料理。

不過，對於想像力豐富的赫蘿來說，似乎光是這麼一聽，就能想像出這道料理的味道。

她只會在這種時候刻意抬高視線看向羅倫斯，不知道把身為賢狼的尊嚴擺到哪兒去了。

不過，姑且不論剛與赫蘿一起旅行的那段時光，現在的羅倫斯早已習慣怎麼應付赫蘿。

而且，在旅途上，就算赫蘿再怎麼賣力地提出要求，羅倫斯也不怕。

因為根本買不到旅途上沒賣的東西。

由於身處壓倒性的優勢，所以羅倫斯先咳了一聲，才這麼回答：

「妳先別急。雖然料理也要下工夫，但如果在其他方面也下了工夫，料理會變得更美味。」

「……其他方面？」

赫蘿睜大了帶著紅色的琥珀色眼珠，訝異地看向羅倫斯。

平常那些做作的眼神姑且不論，看到赫蘿此刻的眼神，讓羅倫斯願意稍微寵一下赫蘿。

「世上呢，除了公雞和母雞之外，還有一種雞。」

「唔？」

在活了好幾百年、自稱賢狼的赫蘿記憶裡，似乎找不到符合羅倫斯所說的東西。

然而，羅倫斯本以為赫蘿會因此顯得不甘心，卻看見她露出彷彿在說「然後呢？然後呢？」的純粹感到很有興趣表情，不禁方寸大亂。

羅倫斯抱著與方才不同的心態又咳了一聲後，繼續說：

「就是先把公雞閹掉，再養大的閹雞。」

「喔……？為什麼……」

「這麼做能夠讓肉質變得比母雞還要好吃。這種雞肉不像公雞那麼硬，又不像母雞那樣被雞蛋吸走養分……怎麼了？」

「嗯……」

赫蘿正刻意轉動著視線，旋即浮現出不懷好意的笑容，露出尖牙說：

「確實很好吃的樣子吶。」

赫蘿的真實模樣是能夠一口吞下羅倫斯的巨狼。

不，比起擔心被吃掉，羅倫斯覺得赫蘿是在取笑他身為男人的重要尊嚴。

羅倫斯輕咳一聲，再用力咳了一聲後，輕輕揮動馬車韁繩。

赫蘿雖然沒有乘勝追擊，但看似開心地咯咯笑個不停，尾巴也隨著笑聲不停甩動。

「放心唄。咱知道在緊要關頭時，汝是個能夠依靠的雄性。」

看見赫蘿咧嘴露出尖牙的笑容後，對於這樣的玩笑話，身為男人的羅倫斯當然只能一笑置之。

儘管知道自己被赫蘿玩弄於股掌之間，羅倫斯也無能為力。

「不過吶。」

「好痛！」

因為被赫蘿拉住耳朵，羅倫斯不禁拉了一下韁繩，馬兒因而發出嘶鳴。

「因為有把握不怕對方討雞肉吃，而誇大其詞地信口開河——搬弄如此卑劣的權宜之計，實在不是雄性應有的行為。」

赫蘿早就看透羅倫斯在想什麼了。

她像在丟東西似地鬆開羅倫斯的耳朵，然後叉起雙手、看似不悅地說：

「哼！咱會捉弄汝，就是為了報這個仇。在只吃得到粗陋食物的旅途上……聽到有那麼好吃的料理……咱會痛苦而死！」

被赫蘿捉弄算是互相扯平，也就算了，但對於赫蘿最後這句話，羅倫斯可無法苟同。

「不是我愛說，妳說的粗陋食物可是小麥混合燕麥的麵包，葡萄酒也是不需要用牙齒去渣的透明葡萄酒。除此之外，還會多加一道乳酪或肉乾，或是堅果或葡萄乾，相當豪華了。以前我通常只會帶蒜頭和洋蔥踏上旅途。對我來說，現在的食物已經是難以置信的奢侈了。」

雖然赫蘿有時會表現得非常孩子氣，或很像動物的舉動，但她的頭腦之好，就連羅倫斯也常常感到畏縮。

赫蘿並不是不明事理。

不過，她明明聽懂了，卻還會毫不在乎地這麼說：

「咱會痛苦而死。」

說罷，赫蘿看似不悅地別過臉去。

羅倫斯想不出世上還有什麼演技比赫蘿此刻的演技更做作。

他露出彷彿不小心咬到舌頭似的表情，一臉怨恨地瞪著別過臉去的赫蘿。

這時如果認真回應赫蘿，羅倫斯就輸了。

可是，如果不理會赫蘿，顯然會演變成互相賭氣的局面，到時候肯定是他必須先舉起白旗。

所謂受制於人，指的就是他此刻面臨的狀況。

如果形容得優雅一些，羅倫斯只是希望能夠與赫蘿度過愉快的旅行。

然而這個當事人，卻正毫不在乎地挾持著他的美意。

「我知道了啦。」

「……知道什麼？」

赫蘿頭也沒回地冷冷回道。

「是我不對。要是看到有人賣雞，我就買給妳。不過，旅途中的約定只限於旅行期間有效喔。」

對羅倫斯而言，這已經是最大的妥協。

如果到了城鎮，只要荷包沒有裂開，就算嘴巴裂開了，羅倫斯也絕對不會買雞給赫蘿。

赫蘿果然沒有回頭，只是輕輕動著耳朵。

她那反應靈敏的頭腦肯定在思考很多事情。
她在思考這到底是不是羅倫斯的極限。
「咱記得以前就說過，咱聽得出來人類是不是在說謊。」
「這我當然記得。」
「是嗎？」
「是啊。」
「嗯……」
赫蘿再次陷入了沉默。
面對赫蘿的反應，羅倫斯簡直就像個等待判決的罪人一樣，等待著赫蘿接下來的話語，但他根本不需要仔細思考，也知道自己無罪。
儘管如此，羅倫斯還是無法從如此荒謬的狀況中脫身。
最後，赫蘿似乎明白了羅倫斯的提案是能夠以玩笑收場的極限所在，於是回過頭向他莞爾一笑。
羅倫斯忍不住在心中大喊：「太狡猾了！」
赫蘿那變換自如的表情，就算對象不是長年駕著馬車獨自旅行的男人，也能夠輕鬆騙來一堆傢伙大排長龍地等著看她的笑臉。

「嗯……可是，汝啊？」

「嗯？」

羅倫斯駕著馬車悠哉地前進了一會兒後，赫蘿突然開口說話。

「汝方才說的，不會是騙人的唄？」

「方才說的……妳說閹雞啊？」

「大笨驢。咱是說汝答應要是看到雞隻，就買給咱的約定。」

羅倫斯不明白赫蘿為什麼要再三確認。

一股不祥的預感正要湧上羅倫斯心頭時，身旁的赫蘿抓住了他的袖子。羅倫斯明白預感就快成真。

羅倫斯立刻把思緒和心情切換成商人模式。

「我有說過這種——」

「汝說過唄？」

赫蘿把臉貼近羅倫斯，用著像小狗在低吼似的聲音說道。

到了這時，羅倫斯總算也看清了前方的景象。

一望無際的平坦道路旁出現了人影。

雖然憑羅倫斯的視力無法確認，但赫蘿知道前方有雞。

「汝該不會是想跟咱永無休止地爭論到底有說過，還是沒說過唄？」

沒有什麼比赫蘿不帶笑意的笑臉更教人害怕。

但是，羅倫斯覺得或許有必要花時間好好向赫蘿說明，買一隻雞，會是一筆多麼大的支出。

不過，這得在赫蘿願意聽話的時候說才有用。

而且，羅倫斯不覺得現在的赫蘿會聽得進去。看著身旁的赫蘿，羅倫斯嘆了口氣。他心想，幸好方才沒有說錯什麼話，否則連命都沒了。

「知道了，是我不對。我會遵守約定。不過——」

「不過？」

赫蘿幾乎與羅倫斯異口同聲地反問道，並投來嚴肅的眼神。

羅倫斯告訴自己必須謹慎挑選字眼。

「只能買一隻。」

赫蘿直直盯著羅倫斯的眼睛。

在就快讓人窒息的一陣沉默後，赫蘿笑容滿面地轉向前方。

羅倫斯此刻的心情就像一隻被獵犬盯上，卻飛不動的小鳥。

這麼想著的羅倫斯把視線拉回前方後，看見坐在路旁的人發現兩人出現，而站起身子。

距離拉近到看得清楚對方用力揮動著雙手，並且面帶笑容時，羅倫斯總算發現對方腳邊綁著雞。

「只能買一隻喔。」

羅倫斯忍不住再次叮嚀。

「要不要為旅途加一些菜啊!?」

四周是一片荒蕪的原野，路上不見行人蹤影。

在這片遼闊的空間裡，有一名古怪小販在寒冬之中，獨自等待著客人上門。小販是一位與羅倫斯年紀相仿、身材瘦長的青年。

青年雖然清瘦卻顯得壯實，擁有農民特有的體格。

拉近距離與青年握手時，青年的手掌之厚，也讓羅倫斯吃了一驚。

「除了雞之外，還有特製啤酒喔！要不要來一些呢？」

青年的健壯程度似乎不是旅行商人能夠相比。

青年的衣著粗陋，嘴邊還不停湧出白色氣息，卻一點也不覺得冷的樣子。他甚至還露出爽朗的笑容，拍了拍擺放在正啄著路邊雜草的雞隻旁邊、高度及膝的桶子。

雖然青年的動作氣勢十足，但用來固定桶子的鐵圈已經生鏽，桶子看起來就快散掉了。

儘管桶子有些寒酸，雞倒是養得圓滾滾、很有活力的樣子，這樣的組合顯得非常奇妙。

羅倫斯摸著下巴鬍鬚，陷入了沉思。

他心想，赫蘿之所以沒有催他買雞，肯定也是在因為觀察四周後，納悶著沒作旅行裝扮的青年怎麼會出現在這種地方。

「啤酒可以試喝嗎？」

一直保持沉默也不是辦法，於是羅倫斯姑且這麼詢問。

青年用力點點頭後，挺起胸膛說：「當然可以！」隨即拿出看似是用來計量、體積略大的圓形器具，打開桶蓋舀起啤酒。

「這啤酒才剛剛釀造好。您看！還不斷冒著氣泡呢。」

不知道是水質好，還是麥子品質好，羅倫斯喝了一口後，發現啤酒出乎意料地好喝。

看見赫蘿也想喝的樣子，羅倫斯分她喝了一口，結果赫蘿立刻用眼神要他買啤酒。

「要不要來一些呢？」

聽到青年再次這麼說，羅倫斯點了點頭，然後再次看向雞隻。

羅倫斯清楚感覺得到赫蘿正拚命自制、不讓長袍底下的尾巴甩動。

烤雞配上啤酒。

赫蘿一定開心得不得了。

「嗯。就跟你買雞和啤酒好了。」

青年沒有發現赫蘿的耳朵突然在兜帽底下彈起，因為他也高興得就快跳了起來。

然而，羅倫斯並非只是帶著赫蘿一起旅行的旅人。

儘管表現差強人意，羅倫斯也勉強算是個旅行商人，所以他這麼說：

「不過，我不只要一隻，而是要很多隻。」

「咦？」

青年反問道，赫蘿也驚訝地凝視著羅倫斯。

近來赫蘿已漸漸了解物品的行情，或許她已經知道雞的價格有多麼昂貴。

每次要求買東西後，赫蘿事後總會想辦法彌補損失，她就是一個這麼重義氣的傢伙。

所以，赫蘿聽見羅倫斯說要買很多隻雞，肯定是嚇了一跳。

「這附近有村落吧？我們這趟旅行沒那麼趕，如果方便的話，我打算去村落買雞。」

很明顯地，青年並非一邊扛著貨物，一邊沿路叫賣的商人。

這麼一來，就表示青年可能是為了賺取現金，或為了交換必需品，而特地從村落來到此處。

果然不出羅倫斯所料，青年先是有些呆然地點點頭後，再次用力地點了點頭說：

「您是說真的嗎!?當然歡迎！」

喜色滿面的青年立刻用繩子綁住桶子，熟練地背在肩上。

青年迅速地把零散的行李塞進麻袋，並放在桶蓋上。他一握起綁住雞隻的繩子，便活力十足地大聲說：

「那麼，我來為兩位帶路！」

然後，青年一副意氣風發的模樣，偏離道路走了出去。

雖然青年準備前往沒有道路的荒野，但應該不至於無法駕著馬車前進。

如此判斷後，羅倫斯拉動韁繩讓馬兒轉向青年前進的方向。

有人趁著這時拉住了羅倫斯的袖子。那人不是別人，當然是赫蘿。

「汝啊，如果汝是在生氣，就明白說出來好嗎？」

赫蘿露出感到為難的表情說道。

赫蘿一定以為羅倫斯是在諷刺她，才會說要買很多隻雞。

看見羅倫斯忍不住笑了出來，反而是赫蘿生氣地瞪看羅倫斯。

「抱歉、抱歉。沒事，我是有所打算，才會這麼做。」

「……打算？」

赫蘿一臉狐疑地問。

「或許應該說是商人的直覺吧。」

雖然赫蘿露出像看見什麼可疑物品似的眼神，但羅倫斯並不在意。

儘管會被赫蘿的演技或陷阱矇騙，羅倫斯還是相當信任自己身為商人的眼光。

「要是一切進行得順利，就真的買很多隻雞給妳。」

即使聽到羅倫斯的宣言，赫蘿還是沒有改變表情。

「咱會等著，但不會抱以期待。」

雖然赫蘿說不會抱以期待，羅倫斯卻是忍不住期待了起來。

因為羅倫斯知道意氣風發的青年準備前往的地方，應該有不小的商機在等著他。

青年帶領羅倫斯兩人，來到遠方可見森林和山泉的小小村落。

住家配置就像匆忙蓋了一座村落似的雜亂，加上怎麼看都像隨興在耕作似的農田，使得村落看起來特別荒涼。

未受到統一管理的城鎮或村落，不是充滿亂糟糟的朝氣，就是瀰漫著貧窮的氣氛，而這座村落似乎屬於後者。

「這地方還真是偏僻吶。」

看見這村落的光景，也難怪赫蘿會忍不住誠實地道出想法。

城鎮及村落之所以存在，是因為城鎮有連接到其他城鎮，而村落有連接到領主公館的道路。

然而，這座村落本來就夠荒涼了，在前來此地的途中卻又看不到像樣的道路。要說這裡幾乎被外界孤立，可是一點也不誇張。

以「陸上孤島」來形容這座村落可說相當貼切。

「我們到了！歡迎來到吉薩斯！」

雖然規模不大，但眼前可見一整排的木柵欄，強調著前方土地屬於村落。

青年穿過柵欄後，對著羅倫斯大聲喊道。

前方是個小小村落，沒有其他引人注意的設施。

村民們老早就發現羅倫斯等人出現，他們不客氣地直盯著羅倫斯等人，並露出好奇的神情慢慢靠近。

「來、來，請先到這裡，先到我家歇歇腳吧！」

青年沒有介紹羅倫斯給村民們認識，而是一邊有些得意地說道，一邊引領馬車向前走去。

看見青年的表現後，不僅是赫蘿，連羅倫斯也忍不住笑了出來。

對青年來說，從外頭帶領旅人來到村落，或許是一件非常驕傲的事情。

不過，青年用了「歇腳」這句慣用句，因此可得知這裡是正教徒居住的村落。

想到自己的猜測似乎正確，羅倫斯不禁暗自竊喜。

只見青年粗魯地敲打一處住家的大門，然後迅速打開大門走進屋內。

在那之後，屋內傳來幾聲交談聲，跟著看見一名體態豐腴的婦人一臉慌張地跑了出來。

看見婦人與青年宛如同個模子刻出來的面容，羅倫斯不禁覺得有趣。

「歡迎、歡迎。喏！你還不快去叫村長來！」

羅倫斯一直掛著笑臉，不過，這不是因為青年與婦人的應對態度讓人感到愉快。

而赫蘿之所以一副恍然大悟的表情，想必也是因為察覺到羅倫斯展露笑臉的原因。

「呃……非常感謝您這麼歡迎我們，但我們只是普通的旅行商人……」

「我知道、我知道，我們也非常歡迎旅行商人！雖然沒什麼好招待，但請先進來屋內吧。」

在駕座上的羅倫斯有些不好意思地笑笑，把視線移向身旁的赫蘿。

赫蘿在這方面總能夠很快進入狀況，她輕輕點點頭，然後朝向婦人展露微笑。

羅倫斯省去了一一做說明的時間，對他而言，光是如此就是一筆很大的收入。

現在羅倫斯能夠放心地大展演技了。

「那麼，不好意思，我們就打擾一下好了。」

「好的，請跟我來。馬車就停在這裡沒關係。喂！快去準備乾草，還有裝一桶水來！」

婦人對著人牆裡一名扛著鋤頭的男子喊道。

看似是一家之主的男子儘管露出「我家到底發生什麼事了」的表情，還是照著婦人的指示跑了出去。

羅倫斯走下駕座後，赫蘿也跟著走下來。

跟隨婦人走進屋內前，羅倫斯遠遠看見方才的青年拉著一名老人走來。

屋內地面只是簡單地把土壤踏平，既沒有鋪設木板，也不是石板地。在地面上挖洞形成的地爐四周擺設著木桌，以及兼作為椅子的長形衣箱，立在牆上的農具也全是木製品。

橫樑上可見洋蔥及蒜頭交疊掛在一起。位於牆面較高處的架子上，則放著看似酵母的乳白色物體。

從椅子和鍋、碗的數量來看，不難猜出這裡住了好幾個家庭，所以屋內模樣雖然顯得寒酸，空間卻算是寬敞。

羅倫斯雖不討厭在城裡的旅館投宿，但他自己也生長於貧窮荒村，所以有時候這樣的屋子反而能夠讓他感到安心。

與羅倫斯相比，反而是赫蘿顯得比較靜不下心來的樣子。

「哈哈，原來如此。兩位打算前往比這裡更北邊的地方嗎？」

「是的。我們打算去一個叫做雷諾斯的城鎮。」

「這樣啊……如您所見，這裡是個貧窮小村落，會有旅行商人願意繞道到這裡來，實在是非常難能可貴的事情。」

俗話說，頭銜會塑造一個人的性格，所以被稱為村長的人不知為何都有著相似打扮。

身材矮小瘦削的吉薩斯村村長深深地鞠了一躬。

「我會來到這裡，一定也是受到了神明指引。而且，我居然還受到各位的熱情款待。如果有什麼我幫得上忙的地方，請儘管吩咐。雖然我只是個小小的旅行商人，但我會盡最大的努力。」

「還請您務必幫忙。」

羅倫斯之所以一直掛著笑容，並非只是為了交際。

而是因為如羅倫斯所說，他認為這真的是受到了神明指引。

「那麼，感謝神明為我們安排這場相遇……」

隨著村長的發言，羅倫斯與赫蘿拿起木杯與村長乾杯。

「……哇，這啤酒真好喝。」

「照理說，應該要喝葡萄酒向神明表示感謝才是，但說來丟人，我們種植的葡萄樹沒能夠順利扎根。」

「雖然葡萄酒的味道是由神明來決定，但啤酒的味道是靠人類所為而定。我想貴村一定擁有相當了不起的釀造祕訣吧。」

雖然村長謙遜地搖了搖頭，但根本掩飾不了他的喜悅。

赫蘿靜靜地望著這段在桌上上演的戲碼，但羅倫斯知道她不是認為這段互動很愚蠢，也不是覺得對方招待的食物太窮酸。

因為羅倫斯知道赫蘿的視線不時瞥向他，並以眼神說著：

汝到底打著什麼如意算盤？

「老實說，這啤酒是用了祕方釀造出來的。」

或許是聽到有人誇獎啤酒好喝讓村長開心不已，他主動提起這個話題。

如果想要讓老人家對自己留下好印象，就必須花時間聆聽對方說話。

羅倫斯裝出興致勃勃的模樣，正打算附和村長的話語時，屋外突然吵鬧起來。

「然後……嗯？」

說著，村長回頭看向後方。就在這時——

「村長！多雷他們又吵起來了！」

一名雙手沾滿泥土的男子打開大門走進來，慌張地指向屋外說道。

村長忿忿地站起身子，隨即對著羅倫斯低頭行禮說：

「抱歉，突然有點事情。」

「不會，謝謝您招呼得如此周到。請您這位村裡的大家長，先去忙該處理的事情吧。」

村長先抬起頭，跟著再次行了一個禮，然後在男子的催促下走出屋外。

這裡的村民似乎認為由村長獨自接待旅人，才是符合禮儀的表現，所以村長離開後，只剩下羅倫斯與赫蘿兩人。

因為屋外有所動靜，想必只要喊一聲就會有人前來，但赫蘿一副「幸好沒別人了」的模樣開口說：

「汝啊。」

「妳是不是想問我『該揭開謎底了吧』？」

赫蘿一邊抓起豆子丟進嘴巴，一邊點了點頭。

「這裡啊，是個殖民村落。」

聽到羅倫斯的話語後，赫蘿又再問一次：

「殖民？」

「殖民有很多種原因，但簡單來說，就是人們移居到未開墾的土地，並且在那裡建蓋新的村落或城鎮。雖然很少見，但偶爾會有村落像這裡一樣，建蓋在幾乎算是陸上孤島的地方。」

喝著啤酒的赫蘿，露出狐疑的神情轉動眼珠。

「為何要這麼做吶？」

她像個小孩子一樣這麼詢問。

「來到這裡的時候，在靠近泉水的地方，我們不是有看到堆在一起的圓木和石頭嗎？所以我在猜啊，那些東西應該是打算用來在這裡蓋修道院。」

「蓋……修道院？」

「沒錯。因為所謂的修道院，是給千挑萬選出來的虔誠正教徒不斷向神明禱告的地方啊。唯有建蓋在這種偏僻之地，才能夠讓這些正教徒不受到世俗紛爭的干擾，並且堅守順從、純潔且清貧的原則過生活。」

對赫蘿而言，修道院是一座受到戒律支配的沉默堡壘，就是要她遵守這樣的生活過一天，恐怕也很不容易。

不過，這座沉默堡壘並非由身穿長袍、手拿聖經的神聖神僕們所建蓋。

這裡的村民想必不是有親人犯了罪，就是自身曾經與異教徒有所瓜葛。

在偏僻之地蓋修道院時，不僅要蓋建築物，還必須規劃能夠提供修道士們在該處生活的田地和飲用水。

這些作業非常地嚴酷，而村民們就是以執行這些作業的方式，來請求修道士幫助他們贖罪。

「嗯……不過，如果真的像汝說的那樣……」

說到一半時，赫蘿似乎想起了教會的人們有著什麼樣的本性。

所以，憑赫蘿的智慧一定能夠獨自猜出謎底。

「也就是說，汝打算趁火打劫。」

羅倫斯知道赫蘿是故意挑選這樣的字眼。

「我只是想幫助有困難的人而已。」

「說得真好聽吶。汝根本是打算在這村子沾口水作記號，然後大賺一筆唄。」

羅倫斯之所以一直笑得合不攏嘴，是因為這座村落就跟至今仍未被發掘的最佳漁場沒什麼兩樣。

村落能夠自給自足過生活的時代已經過去。

農具、工具、家畜，或是衣服、織布機；村落一旦形成，一定會產生需求與供應。

對旅行商人而言，村民會帶著肥肥胖胖的雞隻，並且把美味啤酒裝進桶子裡在路邊叫賣的村落，就像一座寶庫。

旅行商人可以在村落採買雞隻及啤酒，然後供應村落生活必需品。

如果能夠一手包辦整座村落的交易，將會帶來比任何啤酒都令人陶醉的利益。

赫蘿露出無奈的表情，一邊斜眼看著打著如意算盤的羅倫斯，一邊喝了口啤酒。

這時，赫蘿忽然不停微微動著兜帽底下的耳朵。她隨即轉向羅倫斯，滿足地笑笑說：

「嗯。既然這樣，汝就盡力幫助人唄。」

「？」

羅倫斯還來不及反問赫蘿為何這麼說，便傳來一陣急促的敲門聲，大門跟著打了開來。

門外出現前來呼喚村長的男子。

羅倫斯見狀後，也猜出了男子前來的目的。

「抱歉，打擾了。不知道您識不識字，如果識字的話，方便幫個忙嗎？」

在商人也不會到訪的偏僻村落，遇到村民前來詢問自己識不識字。

能夠遇到如此幸運的狀況，也難怪羅倫斯會充滿幹勁地從椅子站起身子。

「你不要太過分！上次我們已經做出了結論，難不成你想出爾反爾!?我的田是六希亨！」

「那根本是騙人的！我當初也是被告知有六希亨的田。你的應該是五希亨才對。為什麼這樣我的田還比你的小!?你還圍了這什麼柵欄——」

光是聽到遠處傳來的怒罵聲，羅倫斯很快就明白兩人為了什麼而爭執，根本不需要有人特地做說明。

另外，聽到「希亨」這個單位後，羅倫斯也大概猜到這些人打哪兒來。

在一個名為雷娃利亞、擁有森林及泉水的國家，曾有一位人稱賢公、名為希亨二世的國王。

希亨二世在測量領地之際，抬起雙手朝左右張開，並將這段長度定為一希亨。

不過，儘管這位賢公賢明地訂下了這個單位，因土地而起的爭執還是沒有中斷過。

對於相互叫罵的兩人，村長沒有表示任何意見，只是一副不知所措的模樣。
姑且不論擁有長久傳統的村落會是什麼狀況，一個新興村落的村長根本沒有權威可言。
如果權威不夠，無法做出超越道理的裁定，很難平息永無止盡的爭論。
「村長，我帶客人來了。」
「唔、喔……」
困擾不已的村長一看見羅倫斯，隨即像在求助似地嘆了口氣。
「我有個非常難以啟齒的請求。」
「是有關土地分配的問題嗎？」
只要長期在村落之間行商，就會遇上村落絕大部分會發生的狀況。
即便如此，村長似乎還是認為羅倫斯是個具有慧眼的人物，而表現出就快佩服得五體投地的模樣說：「您說得一點也沒錯。」
「不瞞您說，這裡其實是一位貴族大人命令興建的村落。為了興建村落時所決定的土地面積大小問題，村裡一直爭執不斷……每次起爭執時，都能夠透過協議來解決問題，就只有這兩人例外，他們似乎從以前就有舊恨未解……」
兩人的怒罵聲從還算是講道理的爭論，慢慢演變成互相侮辱的話語。
村民們一副感到厭煩的模樣在遠處圍起圓圈觀望，唯獨赫蘿一人看似開心地眺望著。

「那麼，應該有土地權利書的複本吧？」

男子方才之所以會詢問羅倫斯識不識字，想必也是為了確認土地權利書的內容。

聽到羅倫斯的詢問後，村長點了點頭，並從懷裡取出一張羊皮紙。

「這就是土地權利書的複本，但我們村裡沒半個人看得懂內容……」

沒半個人識字的村落，就跟沒上鎖的寶物箱沒什麼兩樣。

商人懂得將合約轉換成文字。

那麼，面對看不懂合約文字的對象時，試問哪個商人能夠永遠那麼誠實？

「請讓我看一下權利書的內容。」

全村村民不識字的村落原本就很少見，能夠成為第一個拜訪該村落的幸運商人，更是少之又少。

羅倫斯一臉嚴肅地接過羊皮紙，內心卻是雀躍無比。

「……啊，這……」

不過，當羅倫斯看到羊皮紙的瞬間，不禁嘴角上揚地心想：「天下果然沒有那麼幸運的事情。」

看見村長不停眨著眼睛，羅倫斯臉上的表情立刻化為苦笑。

他心想，當然沒半個人看得懂這張權利書了。

因為記載著土地分配內容的羊皮紙，是以神聖的教會文字撰寫的。
「我們村裡也有幾個人認識字，但就是這上面的文字沒人看得懂……我們猜這應該是外國的文字。」
「不是的，這是教會在使用的特殊文字。我也只看得懂常用的慣用句和數字而已……」
羅倫斯看過幾次以教會文字記載的土地權利書，或特權證明書之類的文件。
赫蘿從旁探頭看向羊皮紙，但似乎就連她也看不懂教會文字。
赫蘿很快地就對羊皮紙失去興趣，再次眺望著相互怒罵的兩人。
「嗯，我知道爭執的原因了。」
閱讀了兩次內容後，羅倫斯這麼做出結論。
然後，為了確認結論是否正確，羅倫斯詢問說：
「那兩人原本該不會是從事工匠之類的工作吧？」
爭吵的兩人終於忍不住扭打了起來，當赫蘿在兜帽底下壞心眼地笑著時，村民們總算出面阻止兩人。
村長原本一副不知道自己是否也該前去阻止的不鎮靜模樣，聽到羅倫斯的詢問後，立刻驚訝地回過頭說：
「沒、沒錯。可是，您怎麼會知道……」

「兩人分配到的土地都是六希亨。這點並沒有錯。但是，您看一下這裡……」

羅倫斯一邊說道，一邊指向一個單字。

雖然村長瞇起眼睛認真看著單字，但就算這麼做，也不可能看懂原本就看不懂的文字。

「這個單字是羊欄的意思。一方的羊欄面積是六希亨，而另一方是五希亨。」

村長愣愣地望著羊皮紙好一會兒後，終於想通了是怎麼回事。

他先是緊緊閉上眼睛，然後發出「啪咂」一聲拍打光禿禿的額頭，並且低聲呻吟了一句：

「原來如此。」

「這樣啊，原來他們不知道有羊欄啊……」

對村民而言，土地分配非常地重要。

前往新天地之前，不識字的人肯定是先聽他人朗讀了土地權狀。

然而，朗讀土地權狀時，從未參與過土地交易的人們，如果突然聽到專門用語會如何呢？

這些人只會對數字留下印象。

正因為如此，兩人才會如此互不相讓地爭吵著。

「海・伯頓先生捐贈給修道院的金額似乎多了一些。他分配到了六希亨的羊欄。」

「伯頓是左邊那傢伙……真是的，竟然是為了這種事情在爭執……」

「畢竟羊欄雖然聽起來單純，但如果沒機會接觸到這方面的事，就不會了解其中含意。」

如字面上的意思，羊欄是指圍住羊隻的柵欄面積，但羊欄並非用於飼養羊隻。其主要目的是，在夜裡把整座村落及修道院共有的羊隻關進柵欄，讓羊隻在該土地排泄糞便，進而使土壤變得肥沃。

以常識來說，大規模的羊欄會關進大量羊隻，小規模的羊欄則會關進少量羊隻，因此羊欄大小不會以羊隻數量，而是以土地面積來測量。有的村民擁有能夠讓該田地關進滿滿羊隻的羊欄面積，有的村民則只能夠關進該田地一半面積的羊隻。

村長恭敬地向羅倫斯道謝後，一副「我這就去把羊欄的事情告訴大家」的模樣小跑步地跑向兩人。

到了被村民反扣住雙手臂的兩人面前後，村長一邊高舉羊皮紙，一邊開始說明。

羅倫斯一副大功告成的模樣，笑笑地眺望著村長做說明，不久後兩人儘管顯得心不甘情不願，最後還是握手言和。

「什麼嘛，這麼快就解決了。」

看著兩人握手言和的赫蘿，看似感到可惜地說道。可見解決問題的速度有多麼迅速。

「記憶出錯的狀況經常發生。不過，文字不會出錯。」

這句話是羅倫斯的師父傳授給他的商人守則。

羅倫斯的師父還說過，旅行商人贏不過城鎮商人有很多原因，其中之一就是旅行商人必須把應收款項，或應付款項的金額記在腦子裡，而不是帳簿上。

發生爭執時，永遠是文字獲勝。

「要是每次都像這樣造成爭執，根本沒辦法擴大生意。所以，合約書非常地重要。」

赫蘿興味索然地聽羅倫斯這麼說後，帶著恨意嘀咕說：「汝也曾經打算違背買雞隻給咱的約定。」

「所以說，就是這麼回事。」

羅倫斯這麼回答時，看見村長向自己緩緩行了一禮。

羅倫斯輕輕揮揮手做出回應。

他心想，原來幫助他人的感覺還不賴。

這天晚上，因為羅倫斯的幫助，終於平息兩人的爭執，也解決了村落一直未能解決的問題之一。於是，村民殺了一隻雞，並且豪邁地將整隻烤給羅倫斯兩人吃。

羅倫斯當然不需要支付雞隻的錢，而酒席上雖然沒有其他酒可以喝，卻有飲之不盡的啤酒。

赫蘿應該也相當滿足才對。

羅倫斯原本這麼猜想著，卻看見赫蘿享用一陣宴席料理後，就像個虔誠修女一樣早早離席。

村民讓出一整棟房子讓羅倫斯兩人今晚歇腳，赫蘿在村民的帶路下，先回到了住處。

或許是旅途疲累，肉類料理和酒意外地讓赫蘿感到胃負擔過重也說不定。

因為無法否定這個可能性，羅倫斯也在適度參加宴席，以免顯得失禮後，回到歇腳處。

嚴冬下旅行到了第三天，正是確定身體能否適應旅行的時期。如果一個不注意，就是習慣旅行的人，也很容易身體不適。

一路下來，赫蘿已經有過好幾次身體不適的狀況。

即使是寄宿在麥子裡、被尊稱為豐收之神的賢狼，一樣會感到疲憊。

在村民帶路下抵達歇腳之處後，羅倫斯靜靜打開大門一看，發現屋內既黑暗又寂靜。

羅倫斯接過油燈，緩緩走進屋內，看見村民在泥地板正中央，特地放了一張把長形衣箱並排在一起而成的簡易床鋪。

村民平常應該是在泥地鋪上麥桿，然後排排睡在一起，這樣的床鋪想必是特地為客人而準備的。

不過，只有一張床不知道是床鋪不足，還是村民的貼心表現。

不管是前者還是後者，赫蘿早已裹起棉被縮成一團躺在床上，羅倫斯對她輕聲說：

「妳沒事吧？」

如果赫蘿已經睡著，羅倫斯沒打算叫醒她。

要是赫蘿明天醒來還是不太舒服的話，羅倫斯打算多少付點錢給村民，然後要求在這裡住上幾天。

羅倫斯一邊這麼盤算，一邊吹熄燈火，隨即鑽進鋪了麥桿、再鋪上薄麻布的床鋪。

他原本有些擔心會吵醒赫蘿，但似乎是多慮了。

雖說是鋪上麥桿的床鋪，但比起馬車貨台，還是舒適太多了。

不過，屋內只有從為了讓地爐排煙而設置的洞孔流洩進來的微弱月光，所以仰臥在床上時，只看得見天花板和橫樑。

羅倫斯閉上眼睛，回想著村落的狀況。

這裡大概有三十到四十名村民。因為附近有森林及泉水，所以可取得豐富的野生花蜜、樹果以及鮮魚，也非常適合放牧。

雖然岩石有點多，但這裡的土地還算肥沃。

就算蓋了修道院，這塊土地也足以供應百名左右的人們生活。

如果目前這座村落還沒有與任何商人交易過，羅倫斯就等於能獨占這座村落的商機。

參加宴席時，村民也提到了鐵製農具以及馬、牛買賣的話題。

基本上，貴族願意捐出偏僻土地建蓋修道院時，其動機多半是因為該貴族自身，或親近的人死期將近。

這時候人們會火速展開建設計畫，即便重要的事宜還沒一一敲定，還是會著手施工。

而且，捐出這塊土地的貴族，不一定就住在這塊土地附近。

因為土地權利記載於紙上，所以往往會像被風吹起的棉絮一樣，不斷在各地飄蕩。貴族就是把土地捐贈給從未見聞過的遠方人士，也沒什麼好稀奇的。所以，無論在任何時代，就像東拼一片、西補一塊的乞丐服一樣複雜的土地所有權，永遠是造成紛爭的原因。

這麼一來，也會經常看見住在貴族捐贈土地周邊的人們，因為害怕被捲入紛爭，而不願意與移居到該土地的新居民有所接觸。

這座村落就是一個典型的例子，而且依村民所說，距離這裡最近的城鎮和村落的商人因為缺乏自信，而不想與此地交易。村長還說青年也是為了使出苦肉計，才會帶著雞和啤酒坐在無人經過的道路上。

對羅倫斯而言，遇到這樣的村落無疑是天賜良機。對村民而言，羅倫斯就像上天派來的使者。

在這樣的狀況下，也難怪羅倫斯明明沒喝太多酒，卻收斂不住臉上的笑容。羅倫斯獨自行商時夢寐以求的狀況，此刻就近在眼前。

那麼，到底能夠賺得多少利益呢？

在逐漸加深的夜色中，不斷思索的羅倫斯卻是越來越清醒。

比起宴席上村民招待的啤酒，打如意算盤更讓羅倫斯沉醉。就在他開始陶醉其中時——

「真是的，汝這雄性真讓人受不了。」

羅倫斯才發現赫蘿緩緩動了一下，就聽到這陣夾雜著嘆息聲的話語。

「什、什麼嘛，妳還沒睡啊。」

「咱是被汝的奸笑聲吵醒的。」

聽到赫蘿這麼說，羅倫斯忍不住摸了一下自己的臉。

「看見咱不太對勁地離開宴席，也不會來關心咱怎麼了，只知道在那裡笑個不停……」

赫蘿會自己這麼說，就表示她是故意先離開宴席。

不過，羅倫斯感覺得出來如果指責赫蘿這麼做，赫蘿很可能發起脾氣，所以他謹慎挑選字眼說：

「聽到妳還這麼有精神的聲音，妳不知道我有多安心嗎？」

在同張被窩裡，羅倫斯知道赫蘿的尾巴動了一下。

然而，赫蘿可以識破人類的謊言，她捏著羅倫斯的臉頰，然後露出尖牙說：

「大笨驢。」

羅倫斯知道不管方才怎麼回應，都一定會惹得赫蘿生氣，但這樣的表現似乎是勉強合格了。

赫蘿像是在嘔氣似地翻身背對羅倫斯。

赫蘿會如此明顯地表現她在生氣，就表示實際上並不是那麼生氣。

「妳為什麼要那麼快就離開啊？宴席上的啤酒和雞肉都處理得不錯吧？」

宴席上的料理，就屬啤酒最為出色。羅倫斯詢問村民後，得知村民是把特殊香草乾燥後，磨成粉末加進啤酒，才造就了這般美味。

而雞肉也肥嫩得滴出油脂，赫蘿到底是對哪感到不滿呢？

赫蘿遲遲沒有回答。

隔了好一段時間後，她才像在呻吟似地輕聲說：

「汝覺得那啤酒好喝啊？」

「什麼？」

羅倫斯之所以出聲反問，並不是因為赫蘿說話太小聲，而是因為這句話來得太過出乎意料。

「那啤酒咱實在喝不下去。那東西那麼臭，汝竟然能夠喝得那麼好喝的樣子。」

每個人當然都有自己的喜好，就算赫蘿不太喜歡那啤酒的芳香，也沒什麼好奇怪。

然而，羅倫斯不明白為何赫蘿說這句話時會表現得這麼生氣，又顯得有些悲傷。

羅倫斯的視線在空中停留一會後，一副害怕近在身旁的赫蘿會像泡沫一樣消失不見的模樣，緩緩開口說：

「聽說那啤酒是放了村民們故鄉的香草。畢竟那味道很特殊，喜歡那味道的人會覺得很好喝，但討厭那味道的人，反而會更強烈地覺得難喝——」

「大笨驢。」

赫蘿在被窩底下踢了羅倫斯一腳，然後轉身面向羅倫斯。

羅倫斯看見赫蘿皺成一團的臉，但他知道這不是因為天窗射進來的月光，在赫蘿臉上形成陰影的緣故。

每當赫蘿欲言又止時，總會露出這樣的表情。

而羅倫斯也總是猜不到赫蘿為何有話卻說不出口。

「算了！」

赫蘿這麼說完，便背對羅倫斯把身體縮成一團。

平常在馬車上赫蘿總會用尾巴蓋住羅倫斯的腿，現在別說是尾巴了，就連共用的棉被也幾乎全被赫蘿搶去。

看見赫蘿垂著耳朵，羅倫斯知道赫蘿此刻不想聽他說話。

從赫蘿的背影，羅倫斯也知道赫蘿希望他能看穿自己的想法。

「……」

只因為啤酒不合口味就鬧情緒？赫蘿還不至於如此任性吧？她會提出啤酒的話題，肯定只是為了找一個能夠發脾氣的藉口。

羅倫斯這才想到，自從在路上遇到青年後，自己似乎有些沉迷於打如意算盤，只想著要怎麼與村落交易。

羅倫斯曾聽說帶著獵犬一起打獵的獵人娶老婆的時候，獵犬會為此吃醋。

雖然羅倫斯覺得赫蘿不可能有這樣的反應，但這會不會又是赫蘿所說的「愚蠢雄性的想法」呢？

羅倫斯偷瞄了赫蘿背影一眼後，搔了搔頭。

他心想，不管赫蘿的心態究竟如何，明天開始還是多關心她比較好。

畢竟這隻狼的脾氣，就像深山森林的天氣般變幻莫測。

在嚴冬的濛濛細雨裡，棉被是蓋在商品上的——自己只用雙手抱住身體，就這麼度過一晚。比起這樣的經驗，能夠在有屋頂遮蔽、鋪了麥桿及麻布的床上睡覺，已經好太多了。

凌晨時分，羅倫斯一如往常地因為打噴嚏而醒來。在為現狀抱怨前，羅倫斯先回想過去的經驗，好讓自己能坦然接受。

赫蘿在羅倫斯身旁裹著棉被悠哉地在睡覺，還發出了少根筋的鼾聲。

其實羅倫斯也不是不會生氣。

然而，看見赫蘿的睡臉後，羅倫斯只能輕輕嘆息，翻身下床。

雖然這裡是住家，但農村建築物就跟用泥土補起洞口的洞穴沒兩樣。

羅倫斯吐著白色氣息，輕輕動了動身體，僵硬的身子立刻發出「咯咯」聲響。

想到這裡不是木地板，而是泥地板，羅倫斯不禁覺得有些幸運——因為這樣走起路來就不會吵醒赫蘿。

走出屋外後，羅倫斯向拂曉的天空伸了一個大懶腰，心想「今天應該也會是個大晴天」。

這時已經有人聚集在水井四周取水，遠處也傳來牛、豬以及羊兒的叫聲。

眼前光景就像畫裡所描繪的勤奮農村一樣。

照這狀況看來，想吃到早餐或許有些困難——羅倫斯邊苦笑邊這麼想。

後來，赫蘿到了接近中午時刻才醒來。照理說，在村落睡到這麼晚，是會遭人白眼的。

不過，或許因為這裡是殖民村落，即便赫蘿起得這麼晚，村民們還是對她報以微笑。

這裡幾乎所有村民都有過帶著全部家當及家畜，走過漫長旅途的經驗。

他們都知道旅人有自己的時鐘。

不過，如羅倫斯所猜測，村民果然沒有為他們準備早餐。

就算在物資豐富的城鎮，吃早餐也是一件奢侈的事；在質樸勤奮、為了支持修道院而存在的村落，是不可能有餘力幫他們張羅早餐的。

或許赫蘿早料到不會有早餐可吃，才會一直睡到接近中午吧。

「那，汝在忙什麼？」

赫蘿手上拿著燕麥麵包，麵包裡夾著燙過且切成薄片的臘腸，那臘腸是以為了過冬而準備的豬肉製成。

如果是免費享用這般豐盛的午餐，會讓人覺得過意不去，但很遺憾地，羅倫斯根本不需要擔心這點。

赫蘿抿著嘴咀嚼，並探頭看向羅倫斯手邊，而羅倫斯正為了村民委託給他的工作，馬不停蹄地奮鬥著。

看著赫蘿一邊大口咬麵包，一邊喝啤酒，羅倫斯就有滿腹的牢騷；但想到赫蘿昨晚的悶氣似乎沒有延續到今天，也就覺得沒必要另起風波。

儘管知道這樣的想法會寵壞赫蘿，羅倫斯還是決定回答赫蘿的詢問，來取代心中的不滿。

「我正在翻譯。」

「翻……預？」

羅倫斯不禁覺得連要叮嚀赫蘿不要邊吃東西邊說話，都顯得愚蠢。

他一邊幫赫蘿取下沾在嘴角的麵包屑，一邊點了點頭。

「為了不要再有像昨天那樣的爭執發生，他們拜託我把這些複雜的教會文字，改寫成大家常用的文字。」

如果在城鎮委託這工作，必須支付不少的費用。

不過，羅倫斯雖不收取費用，相對地也無法保證能把這些文字翻譯得精確無誤。

「喔～」

赫蘿露出若有所思的表情，半瞇著眼望著書桌上的羊皮紙，以及用來翻譯文字的木板。過沒多久，她便露出興味索然的神情，喝了口啤酒說：

「不過，只要汝願意工作，咱就可以不客氣地吃吃喝喝。」

赫蘿留下這句讓人僵住笑臉的話語後，把最後一口麵包往嘴裡一丟，便從羅倫斯身邊離去。

「我是希望妳至少能夠對我客氣一點。」

羅倫斯一臉疲憊地看著赫蘿的背影，夾雜著嘆息聲嘀咕道。就在他準備繼續工作時，察覺到了一件事情。

「喂！我的那份——」

羅倫斯這麼說時，赫蘿已經大口咬下第二塊麵包。

「別露出那麼可怕的表情。咱不過是跟汝開個小玩笑而已吶。」

「如果只是開個小玩笑，為什麼麵包會少這麼多？」

「因為咱想如果對象是汝，咱應該可以放心地討東西吃。」

「那可真是我的榮幸。」

聽到羅倫斯刻意以挖苦的口吻說道，赫蘿顯得有些不悅地在羅倫斯工作的書桌上坐下來。

赫蘿該不會是以她的方式在撒嬌吧？羅倫斯才這麼想，下一秒鐘便看見赫蘿露出壞心眼的笑臉俯瞰他說：

「那不然，咱下次找村裡的人撒嬌好了。先生、先生，求求汝賞賜麵包給咱……」

如果赫蘿做出這種行為，不用說也知道誰會感到困擾。

但是，如果羅倫斯現在讓步，就真的太寵赫蘿了。

「妳到底想吃幾人份的食物啊？」

羅倫斯像給人鼻頭一擊似的撂下簡短一句，然後大口咬下從赫蘿魔掌中解救出來的麵包，並繼續埋首於工作。

赫蘿一副感到很無趣的模樣低下頭，然後嘆了口氣。

我比妳更想嘆氣呢。

就在羅倫斯這麼想著的同時——

「哎，如果村民這麼詢問咱，咱會按住肚子這麼回答唄。」

羅倫斯告訴自己不要理會赫蘿，不然就輸了。

他拿起筆，並當自己塞了耳塞。

「嗯，咱會說……想吃兩人份。」

赫蘿彎著腰在羅倫斯耳邊說道。

羅倫斯忍不住噴出口中的麵包，但這樣的反應絕對不會太誇張。

赫蘿露出壞心眼的表情嘻嘻笑個不停，然後刻意詢問說：「怎麼著？汝不是一開始就知道咱是個吃兩人份食物的大胃王嗎？」

與人交涉時，必須盡其所能地利用手邊的武器，才能成為勝利的一方。

話雖如此，赫蘿也未免把武器用得太過淋漓盡致了。

在羅倫斯一邊心想「打死我都不會再聽赫蘿說任何一句話」，一邊撥開噴到木板上的麵包屑時，赫蘿伸出手，搶走一片夾在麵包中間的臘腸。

「呵。汝啊，汝就是因為從早上就一直坐在書桌前面，才會整個眉頭都皺在一起。汝應該到外頭，呼吸一下冷冰冰的空氣。」

剛開始與赫蘿旅行時，羅倫斯總容易照字面解讀赫蘿的話語。如果是在那時候，羅倫斯一定會因為回答「誰要妳管」，而惹得赫蘿生氣。

羅倫斯沉默了一會兒後，閉上眼睛靠在椅背上。

然後，他將手舉到與肩同高，做出投降的姿勢說道：
「要是有麥粒掉在收割完成的田地上，那就傷腦筋了。」
「嗯。咱也不敢保證不會愛上這裡的麥子。」
這樣的玩笑話，只有寄宿在麥子裡的赫蘿才說得出口。
赫蘿戴上長袍兜帽，並藏起興奮擺動著的尾巴後，搶先走到門邊伸手準備開門。
「妳要是愛上這裡的麥子，我確實會很傷腦筋。因為妳如果隨便吃地上的麥子，那就頭痛了。」
聽到羅倫斯這麼說，赫蘿生氣地鼓起臉頰，對羅倫斯手上的麵包就是一咬。

享受在村裡四處悠哉閒逛的時光，其實也別有一番趣味。
而且，自從離開帕斯羅村後，赫蘿已經很久沒看過這麼平凡的村落了。
雖說赫蘿離開帕斯羅村當時並不是那麼愉快，但農村或許有種讓她覺得熟悉的氛圍。
赫蘿笑嘻嘻地望著作為肥料的麥桿束，以及沾著泥土的農具，這些都是在帕斯羅村也經常看得見的景象。
「這裡跟城鎮沒有交流，所以這時期也會種豆子。」

一般來說，農村在這時期會暫停農務，改為從事撚線或織布的工作，再不然就是切削木頭來製作加工品。總之，村民們大多會轉而在屋內工作，但這裡似乎跟一般農村不同。

就是以馬車代步，想前往距離這裡最近的城鎮，也要花上三天時間，而且城鎮為了避免事後惹來麻煩，也會拒絕與這裡交易。

對這樣的村落而言，最重要的事莫過於儲存糧食，其他事情想必都會暫時擱著不理。

「畢竟當大地變得貧瘠時，豆子能夠滋養大地。不過，這裡短時間內都不用擔心這些小細節，也能夠採收各種農作物。」

這裡只是座小村落，沒多久就走到了村落外圍。站在外圍看去，這邊的田地規模雖然還稱不上一望無際，但以這裡的村民人數來說，能夠開闢出這麼一大片田地，著實讓人感到佩服。

眼前的田地沒有設置柵欄和水溝，應該是村民共用的田地。

此刻田裡也看得見幾道身影面向泉水的方位在工作，從他們的動作來看，應該是在挖掘灌溉水路吧。

人們會說「說謊有時也是一種權宜之計」，如赫蘿所說，來到戶外後確實讓羅倫斯覺得皺起的眉頭都快撫平了。

「那，汝預估能夠從這座村落榨取多少錢？」

雖然圍起村落的柵欄看起來搖搖欲墜，但比想像中來得堅固。

看見赫蘿坐在柵欄上，羅倫斯也在她身旁坐了下來。因為在田裡工作的村民們已發現兩人，所以羅倫斯先揮揮手回應村民後，才看向赫蘿說：

「幹嘛把我形容得這麼惡劣。」

「汝昨天那表情不是更惡劣嗎？」

羅倫斯猜想，赫蘿昨晚該不會是因為他表現得太貪心才會不開心，但馬上改變了想法。因為他看見赫蘿看起來相當開心，所以應該另有原因。

「光是以物易物，就會自己產生利益。既然不需要特地去榨取，就會滴出汁來，那就只要去舔它就好了。」

「嗯……感覺就跟葡萄酒一樣。」

赫蘿應該是指在皮袋或布袋裡裝滿葡萄，掛在屋簷下釀造的葡萄酒。

這種葡萄酒是利用自然重量壓扁葡萄，只拿滴下來的葡萄汁來釀造，其美味程度根本不是一般的葡萄酒所能相比。

這隻狼在吃喝方面的知識果然令人嘆為觀止。

「這次應該不用特地借助妳的力量，就能夠賺到錢。以路途中意外碰上的賺錢機會來說，這次的金額有點大。那金額大到可以讓妳吃雞肉吃到撐。」

風兒輕輕吹來，遠處傳來牛叫聲。

羅倫斯才心想「好安靜啊」，後方隨即傳來尖銳的雞啼聲。

「怎麼說呢，說來說去我每次還是會借助妳的力量，所以偶爾能夠靠自己的力量賺錢也不錯吧？」

雖然生意根本還沒談成，現在說這些還太早，但羅倫斯覺得赫蘿應該不會怪他說大話。

而且，如果把帳一筆一筆算出來，拜赫蘿所賜而獲救或賺取的金額，肯定壓倒性地多過她吃吃喝喝的金額。

所以，羅倫斯是真心希望偶爾能夠讓赫蘿毫無顧忌地大吃大喝。

「汝啊。」

「嗯？」

「汝真以為這樣咱就不會有所顧慮嗎？」

一時之間，羅倫斯還以為時間靜止了。在那瞬間，羅倫斯腦裡只浮現一個想法。

「昨天晚上妳是為了這個在生氣啊……？」

雖然赫蘿老是愛向人討東西，但她總是有所回報。

對於自己浪費掉的金錢，赫蘿每次都會確實賺回來，在旅途中，也總會從表裡兩面與羅倫斯同心協力面對問題。

赫蘿會害怕被尊稱為神明，不就是因為討厭自己被視為特別的存在嗎？

如果真是如此，羅倫斯的體貼或許會帶來反效果。

「我是覺得……其實妳可以不用這麼在意。不過，畢竟妳重情重義嘛。」

聽到羅倫斯這麼說，赫蘿馬上一臉怨懟地瞪著羅倫斯。

那眼神彷彿在說「難道咱不說出口，汝就不會懂嗎」？

「哼！咱是一隻無知的狼，而且連那叫什麼來著的文字也看不懂。」

赫蘿正因為自己沒辦法大顯身手而焦慮不安，沒想到一覺醒來，居然還看見羅倫斯緊貼著書桌工作。

從赫蘿的角度來看，那光景甚至有些像在諷刺她。

「啊，如果是這樣，有件事情妳能幫得上忙。」

赫蘿緩和表情看向羅倫斯。

羅倫斯一邊露出笑容，一邊說：

「妳可以提供村民有關栽培麥子的建言。」

羅倫斯的玩笑話似乎讓赫蘿很難判斷該不該生氣。

她先是露出五味雜陳的表情，隨即鼓起臉頰別過臉去。

「就算只是提供一些小智慧，村民應該也會很高興才對。畢竟這裡有些人連羊欄都不知道，卻還是照常耕作。妳應該有什麼點子可以提供給他們吧？」

羅倫斯又加了一句：「而且，讓村民越開心，我的生意做起來也就越容易。」

赫蘿有些泫然欲泣地看向羅倫斯，應該是在指責羅倫斯這麼說太奸詐。

「嗯……唔……」

「妳就算不用太花心思去思考，也想得到不錯的點子吧？」

聽到羅倫斯笑著說道，赫蘿終於忍不住閉上眼睛陷入思考。

赫蘿皺起眉頭，不停動著兜帽底下的耳朵。

羅倫斯不禁心想，赫蘿真是太重情義了。

他笑著從赫蘿身上挪開視線，然後悠哉地眺望在空中飛翔的小鳥。就在這時——

「羅倫斯先生。」

聽見遠處有人在呼喚自己，羅倫斯立即把視線移回村落。

「羅倫斯先生。」

呼喚聲從後方傳來，羅倫斯回頭一看後，發現是村長前來。

「啊，不好意思。我還沒翻譯好……」

「不、不，我不是為了這事情而來。已經麻煩您幫我們翻譯了，現在還要拿其他事情來煩您，實在讓人很過意不去。不過，有件事情想跟您商量……」

「商量？」

羅倫斯壓抑著興奮之情——因為他知道村裡正為了調度物資而傷腦筋。

羅倫斯瞥了赫蘿一眼，發現她一臉興味索然地板起臉孔。

「如果有我能幫得上忙的地方，請儘管吩咐。」

不過，就算看見赫蘿板著臉，這時候羅倫斯當然還是要掛上笑容。

聽到露出燦爛笑容的羅倫斯這麼說後，村長似乎鬆了口氣。

「真的嗎？真是太感謝您了。不瞞您說，村裡這陣子發生很多像昨天那樣為了土地起爭執的問題。所以……不知道能不能請您提供我們一點智慧……」

「……智慧？」

看見羅倫斯掛著笑臉反問，村長露出了苦思已久、百般煩惱的神情，說出了他們所面臨的難題。

看著還沒翻譯好的羊皮紙及木板，羅倫斯抱著頭苦惱不已。

村長向羅倫斯商量的難題，可說是每座村落都會遇到的問題。

不過，一般村落都會有經年累月發展出來、屬於該村落解決問題的方法。這個解決方法可能是神明賜予的天機、可能是村長的權威，也可能是鄰近領主的證明書，或是不得違反其決議的村落共同會議。

然而，這裡幾乎沒有諸如此類的解決方法。

新興村落之所以會在轉眼間分崩離析，通常是因為欠缺能夠使人們團結起來的強大力量。

這座村落正面臨這樣的危機——而村長向羅倫斯商量的問題，果然與分劃土地有關。

當初只是由領主隨便決定一個區域，作為村落的建設範圍；村民則是在這片區域之中，各自照著說定的面積分劃土地。

然而，在這樣的狀況下會出現問題。

因為當初雖然決定了土地大小，卻沒有標明基準點位於何處。

「也就是說，村民們過去一直照自己高興分割土地，現在問題開始出現，所以再不決定基準點，就無法解決問題？」

「沒錯。村落剛建好的時候，如果有分之不盡的土地，當然不會有問題。不過，如果沒有定出基準點，就這麼隨意分割土地下去，到時只要實際畫出圖來，馬上就會發現到處都有無主的零碎土地。」

「比起畫圖，咱比較喜歡用碎掉的薄片麵包來形容。」

赫蘿坐在書桌上，看似開心地說道。

「妳是說燕麥麵包?燕麥麵包那麼硬，不好吃吧？」

「如果要問咱好不好吃，當然是不好吃。不過，那口感會讓人上癮。咱這牙齒呢，有時候會癢得受不了吶……」

看見赫蘿咧嘴露出尖牙，羅倫斯不禁有些畏縮。

「怎麼著？比起咱的牙齒，咱覺得汝的牙齒更教人害怕。」

「咦？」

羅倫斯沒多想地反問道，結果赫蘿按住胸口這麼說：

「因為咱會不小心被汝的毒牙給咬了。」

羅倫斯沒有回答赫蘿，他先聆聽在屋外亂跑的雞隻叫了三聲後，再次抱頭思考。赫蘿見狀，便臭著臉踢羅倫斯一腳說：

「難道汝認為思考那問題比跟咱說話重要？」

「那當然。」

「什麼！」

聽到羅倫斯下意識的回答，赫蘿睜大了眼睛，並用力豎起耳朵。這時，羅倫斯才察覺到自己的失言。

「不、不是，我是在想如果這時候沒有回應村長他們的期待，就沒辦法賣人情給他們，不是嗎？賺錢好機會只有當下才有，但要跟妳說話，以後有的是機會——」

「汝最好祈禱咱的好意不會也是當下才有！」

赫蘿狠狠丟下這句話後，別過臉去。

如果是只有一面之緣的對象，羅倫斯有自信能夠一直討好對方，但如果對象是赫蘿，就無法以表面功夫來應付。

不過，村長願意把決定村落重要事項的案件交給羅倫斯，是千載難逢的好機會。

如果羅倫斯沒有好好做出回應而讓村長失望，恐怕就無法一手包辦村落的交易。

金錢或許買不到愛情，但人情買得到金錢。

「……」

羅倫斯找不到能夠回應赫蘿的話語，也不能因為這樣就不思考眼前的問題；他一副不知所措的模樣，坐在書桌前陷入沉默。

獨自行商時，羅倫斯根本不可能遇到這種問題。

師父也沒有傳授給他解決這般難題的方法。

然而，羅倫斯非常明白，倘若把每件事都放在天秤上秤一秤，最為重要的事物會是哪一件。

羅倫斯這麼下了決心，並準備開口說話的瞬間——

「汝真是個大笨驢。咱甚至會覺得汝是不是完全沒有學習能力。」

因為赫蘿坐在書桌上，所以她的視線高度當然比羅倫斯高。

在此時聽到如此自恃甚高的話語，當然多少會有些不悅。

儘管如此，赫蘿帶有紅色的琥珀色眼珠卻發出不許羅倫斯反駁的光芒。

這不是靠道理得知的。

是羅倫斯與赫蘿一同旅行下來而得的經驗談。

「咱剛剛說了什麼？咱忍住難為情的心情，對汝說了什麼？咱就在身邊，汝卻一個人抱頭苦思……」

「啊……」

羅倫斯記起不久前赫蘿確實這麼說過。

赫蘿已經為了自己沒能夠派上場而鬧了彆扭，羅倫斯竟然還再次獨自抱頭苦思。

她露出怨懟的眼神瞪著羅倫斯。

與其道歉，羅倫斯此刻更應該這麼詢問：

「妳……呃……願意提供智慧給我嗎？」

聽到羅倫斯有些結巴地說完，赫蘿半瞇著眼睛，板著臉直直瞪著羅倫斯。

赫蘿的尾巴左右輕輕擺動著，就彷彿天秤的指針在衡量「拒絕」與「允許」的重量似的。

然後，赫蘿夾雜著嘆息聲說出了結論：

「最蠢的人或許是咱自己唄。」

羅倫斯還來不及思考這句話的意思，赫蘿便已繼續開口，因此羅倫斯只得挺直背脊洗耳恭聽。

「哼！咱能提供的智慧，就是在那個令人生氣的帕斯羅村用過的方法。」

「……如果拿石碑或木頭做記號，有可能會被移動，所以這樣的方法不可行。基準點本來就是不可能訂定的東西，就算以文字定下基準點，也會演變成爭論的原因。」

除非是神明出馬，否則根本想不出完美的解答。重點是，必須找出能夠讓村民接受其正確性及普遍性的方法。

而且，村民特地請求羅倫斯想辦法，如果羅倫斯提供一個極其理所當然的答案，恐怕會讓村民感到失望。

難不成赫蘿打算讓村民看見她的真實模樣？羅倫斯想到這裡時，赫蘿輕輕頂了他一下說：

「大笨驢。汝忘了咱在帕斯羅村的時候，是為了什麼而哭哭啼啼嗎？」

看來赫蘿所說的方法並非提示神諭。

這麼一來，剩下的方法就只有集合所有村民，然後把基準點的記憶深深植入大家腦中而已。

「可是，妳打算怎麼做？除非是很了解星象運行的人，否則根本沒辦法正確地測出東西南北。當然了，可以學船員那樣以某處的山或泉水做記號。只是……這個記號沒辦法以文字留下記錄。這樣描繪出來的地圖會太粗略。」

如果畫出來的地圖是要給旅人旅行時使用，那麼就算有些粗略，也不會有問題。

然而，現在村落需要的，是要拿來作為土地分配依據的記錄。

「昨天發生爭執時，汝說過人類的記憶靠不住，是唄？」

「咦？喔，是啊。所以，人類才會以文字寫下記錄。」

「嗯。一旦寫下文字，無論誰來閱讀，記載的事實都不會改變，因此才能讓眾人信服——這道理咱也明白。可是，人類的記憶真有那麼靠不住嗎？」

羅倫斯不明白赫蘿打算說什麼。

即便如此，羅倫斯還是只能這麼回答：

「至少人類與人類對立時，如果依賴某人的記憶來決定事情，很容易欠缺客觀性。再說，如果是有關土地分割的事宜，這個記錄至少要能保存到幾年後、甚至幾十年後。」

對於羅倫斯的反駁，赫蘿在認真聆聽好一會兒後，回答了句：「也是唄。」

然後，赫蘿在表示認同後，接著這麼說：

「不過，如果採用這樣的方法，汝說怎樣呢？」

赫蘿看似有些開心地把嘴湊近羅倫斯耳邊，低聲說出她口中的方法。

羅倫斯驚訝地重新凝視赫蘿的臉。這時，賢狼開心地搖了搖頭說：

「如汝所說，以高山、泉水或山丘等大目標做記號，確實太粗略。但是，只要把幾個大目標組合起來，就能夠正確地限定住位置。咱在山上的時候也是這樣，只要從山脊觀察四周，就能夠正確得知自己的所在位置。」

想必村民也知道可以這麼做。

然而，就是因為沒辦法寫下記錄，才會起爭執。

決定土地界線時，人們也是因為無法寫下記錄而感到焦躁，才會容易變得情緒化。

「不過，在這世上，確實是有讓每個人都能夠接受，也忘不了的記憶。」

感覺上，赫蘿所說的方法確實能夠讓所有人接受。

不管能否被人接受，反正羅倫斯也想不出其他什麼好方法了。

於是，羅倫斯從椅子上站起來，牽起了赫蘿的手。

不管在哪個時代，記錄永遠是個難題。

就是赫蘿的故鄉——約伊茲，也是因為被某人以文字寫下記錄，再在石牆之中和昏暗的地下室裡慎重地收藏，才勉強將記錄保存下來。

而且，只有極少部分的人能讓記錄保存下來；就算保存了下來，這些記錄能否繼續流傳千古，也只有老天爺曉得。

而從吵得口沫橫飛的爭論大多會導向各說各話、永無共識的種種案例來看，就應該能明白口傳留下的記錄有多麼靠不住。

那麼，既然沒有好方法，是不是就該死了這條心呢？並非如此，因為社會還是必須運作下去。

人們會努力找出一個方法，並絞盡腦汁想出就算在幾十年後造成爭論，也能夠讓大家接受的方法來留下記錄。

赫蘿在麥田裡恰巧聽見的這個方法，就是人們努力想出來的方法之一。

「羅倫斯先生。村民們都到齊了。」

「辛苦了。那麼，哪位要當代表？」

「是的，幸虧有神明指引，村裡剛好有一位適當人選。」

當村長聽到羅倫斯說出計畫時的反應，與羅倫斯聽到赫蘿的提議時的反應一模一樣。

村長先是驚訝地問：「這方法好嗎？」但隨即改變想法，覺得或許可行。

這個方法不需要專業的技術、道具，也不需要花費任何費用。

不過，若是用了這個方法，確實能夠讓大家齊心認同，而且在幾十年後，肯定仍能清楚地留下記錄。

村長立刻召集了村民，要大家在原先就被推選為土地基準點的水井旁集合。

接著，村長從村民當中選出一位負責保存記錄的代表人。

經過多方考慮後，大家決定由赫蘿來執行。

因為旅人的立場特殊，而且由赫蘿來執行應該能夠帶來更大的效果。

只被告知要決定村落基準點而聚集的村民們，個個一臉狐疑地觀望著事態演變。也難怪他們會露出這種表情。因為一直以來，村民們不斷努力思考，試圖找出能夠讓大家接受的方法，卻一直都沒想到。

在這樣的氣氛下，村長用手搭著代表人的肩膀，咳了一聲說：

「我對著全知全能的偉大神明，以個人之名與我村之名在此宣言。針對過去一直是懸案的土地分割問題，將在此定下村落基準點。」

聽說村長曾做過在廣大田地裡趕牛的工作，他的聲音儘管有些沙啞，卻相當響亮。

「我今天會請各位聚集在這裡，是為了在定下村落基準點時，請各位當見證人。此外，也是為了幾十年後，萬一不幸發生爭執時，能夠讓大家想起今天發生的事。」

羅倫斯的表現暫且不提，這時的赫蘿低著頭，露出一副楚楚可憐的模樣。

因為赫蘿在昨晚的宴會上表現得相當收斂，所以村民們似乎都認為她是個虔誠的修女。

既然村民們對赫蘿有這般認知，由赫蘿來執行當然最為恰當。

村長又再咳了一聲，說道：

「接下來即將執行的儀式，是這兩位聰慧旅人所傳授。這是具有長年歷史的土地分割方法。我以村長的身分推薦他擔任這個儀式的代表人。」

然後，村長推了一名少年一把，少年看起來差不多只有五歲大。

少年有著圓滾滾的大眼睛和美麗的金髮，宛如下凡的小天使。

少年還不知道自己接下來要做什麼，或接受什麼待遇，就被一臉嚴肅的大人們團團圍住。

明知少年緊張得身體僵硬，村長還是繼續說：

「誰有異議？」

雖然有幾名村民互看著彼此，但沒有人舉手反對。村民們還沒被告知接下來即將執行的儀式內容，當然不會有人反對。

不過，羅倫斯已事先告訴過村長，如果執行完儀式後，有人表示這個方法不夠周全，屆時可以再聆聽村民的意見。

不過，羅倫斯與村長都認為村民們的意見應該會一致。

「那麼，現在開始執行儀式。」

現場沒有人發出聲音。

村長在少年耳邊低聲說了幾句話，便把少年推向羅倫斯與赫蘿。

少年跌跌撞撞地走了幾步路後，回頭看向村長，又看向羅倫斯兩人。看見村長做出「往前走」

的手勢後，少年便膽戰心驚地走了過去。

在一個與鄰近城鎮或村子沒什麼往來的村落，有時候連大人也會對旅人心生恐懼。

少年緩緩走向這方的途中，露出不安眼神看向人牆之中的某處。

而他當然是看著站在人牆之中的母親。

「拜託你啦。」

少年走近時，羅倫斯這麼說著，隨即展露笑臉伸出手。

少年戰戰競競地握住羅倫斯的手後，便囁嚅著作出回應。

接著羅倫斯指向身旁的赫蘿。

與赫蘿算是嬌小的身材相比，少年更加矮小。

來到這麼近的距離後，儘管赫蘿戴著兜帽且低著頭，少年還是看得清楚赫蘿的面容。

看見少年驚訝地挺直背脊，然後靦腆地笑笑，羅倫斯知道赫蘿朝向少年露出了微笑。

或許是村裡沒有年輕女孩的緣故，少年與赫蘿握手時，臉上浮現了親切感十足的笑容。

「咱的名字叫赫蘿。汝呢？」

「喔……克、克洛利。」

「嗯。克洛利，好名字。」

赫蘿誇獎了克洛利的名字，並摸了摸克洛利的頭後，克洛利看似難為情地縮著脖子。

克洛利看起來非常開心的樣子。

那開心的模樣，讓人覺得他說不定已經忘了即將要執行儀式。

「那麼，克洛利。接下來咱們來玩一下遊戲。嗯，不用擔心。這一點也不難。」

聽到赫蘿的話語後，克洛利似乎總算記起自己的立場，當場僵住了臉。

不過，赫蘿輕輕抱住克洛利的小小身軀。隨即克洛利也慢慢露出了勇敢的神情。

不管年齡是長是幼，男人似乎都有著同樣的習性。

「首先，朝向北方禱告。」

「禱告？」

「嗯。禱告什麼都行。汝等不是每天都會禱告嗎？」

赫蘿多少知道一些教會的知識。

少年點了點頭，然後交叉起還沒有辦法動作自如的雙手。

「北方有北方的天使和精靈，南方有南方的。只要禱告說：『咱想吃好吃的食物』，說不定就會實現。」

看見赫蘿露出惡作劇的笑容說道，少年也隨之露出笑容。在赫蘿發出「喏！」的一聲催促後，克洛利開始朝向北方禱告。

「當天使或精靈願意聆聽人們的願望時，會出現預兆。汝要好好記住大地和泉水的位置及形

狀，不要漏看了預兆。」

克洛利頻頻點頭回應赫蘿的話語。他瞪大眼睛，將眼前的景色烙印在腦海裡，並且一邊緊張地吞嚥口水，一邊禱告。

北、東、南、西。

當少年朝向四個方位做完禱告時，想必已在心中訴盡他所知道的各種美食。

「嗯。辛苦了。那麼，克洛利。」

重頭戲就要上演了。

克洛利像一隻順從的小狗看向赫蘿。

「天使和精靈最喜歡看人類的笑臉。張大嘴巴笑一個給他們看。」

直率的少年聽話地咧嘴露出牙齒，在臉上浮現再燦爛不過的笑容。

在那瞬間，某物劃過空氣，發出「咻」的一聲。

下一秒鐘，傳來響亮的「啪！」的一聲。

「唔！」

在四周觀察著事態演變的村民們，一齊倒抽了口氣。

所有人都大吃一驚地直盯著眼前的光景。

赫蘿甩著手，露出苦笑。

看得出來赫蘿沒有手下留情，而是使出了全力。

赫蘿之所以要少年開口笑出來，是為了不讓少年咬傷舌頭。

少年突然被人使出全力甩了一巴掌後，忘了擦拭鼻血，也忘了挺起身子，只知道把眼睛睜得像豆子一樣圓，並注視著不久前仍宛如天使般溫柔的赫蘿。

「就算人類的記憶靠不住，還是會有一輩子無法忘懷的瞬間。相信就是在幾十年後，勇敢的少年克洛利也絕對不會忘記這個瞬間，在這個地方所看見的這個景色。」

赫蘿面向村民們一邊露出笑容，一邊說道。而村民們開始吵嚷了起來。

這是村民們總算回過神來的第一個反應，大家隨即起了一陣混亂，但在不久後又化為笑聲。

村民們一定是離開自己住慣了的土地，來到這座村落。

準備朝向新土地出發前，他們肯定夾著不安與期待，站在村落或城鎮邊際回望故鄉。

他們肯定先把北、東、南、西四方的景色深深烙印在眼中後，才踏上旅途。

所以，如果詢問他們，他們一定能夠如此肯定地回答：

——就是到了現在，我們也能夠分寸不差地指出當初回頭望故鄉時，停下腳步的那個位置。

「對這個儀式有異議的人，舉高你的手！」

村長這麼大喊後，村民們先是一片安靜，跟著齊聲高喊：「沒有異議！」

村民們紛紛向神明和赫蘿的睿智表達感激之情，當中甚至有人跳起了舞來。

走近少年身邊的，除了赫蘿與村長之外，當然還有少年的母親。被母親握住手、拉起身子後，少年總算了解發生了什麼事。

少年立刻放聲大哭，並緊緊依偎在豐腴的母親身上不停抽泣。

「在咱停留的村落不是賞巴掌，而是拿石頭砸人。」

村民中，只有少年母親知道儀式的流程。當時，少年的母親聽到赫蘿的提案後，雖然有點不知所措地笑了笑，但看得出來她對兒子能夠成為留下村落重要記錄的代表人，感到十分驕傲。

少年的母親一邊喊著神明的名字，一邊向羅倫斯與赫蘿表達謝意。

「嗯。這樣就大功告成啦。」

赫蘿挺起小小的胸膛，看似得意地說道。

每座村落如果有重大事件發生，通常都會把那天定為特別的日子，並且設宴慶祝。不例外地，吉薩斯村也在這天晚上大大地設宴慶祝。

村長多次與羅倫斯握手致謝，握得羅倫斯的手都發腫了。村長甚至還表示會把羅倫斯與赫蘿視為村落發展上不可或缺的人物，讓這美談流傳下去。

照這樣子看來，羅倫斯肯定能夠與吉薩斯村長久往來。

黃昏時分，羅倫斯喜色滿面地等待著村民佈置宴會。

將翻譯工作做完後，羅倫斯坐在椅子上伸了一個大懶腰。

他回頭一看，看見原本在床上悠哉梳理尾巴的赫蘿，也舉高雙手在伸懶腰。

「結束了嗎？」

「嗯，勉強完成了。」

「那這樣，接下來只要等著盡情喝酒玩樂就好了唄。」

「我沒那麼好命。在那之後我還有商談要談。當然了。」

羅倫斯說到一半停了下來，然後做作地用手按住胸口，獻殷勤地說：

「這都多虧我有個賢明的旅伴。」

聽到羅倫斯顯得刻意的話語，赫蘿也做作地挺起胸膛做出回應。

不過，赫蘿這樣的反應或許有一半是發自真心，而事實上，赫蘿確實幫了羅倫斯大忙。

別說是買雞，羅倫斯甚至願意買下能夠裝滿整台馬車的啤酒送給赫蘿。

「又是我欠妳的人情比較多。妳希望我怎麼還妳人情啊？」

羅倫斯之所以刻意以開玩笑的口吻這麼詢問，是因為只要想到明天的商談，他的心情就會不禁雀躍起來。

吉薩斯村未來的發展無可限量。

而且，如果這裡蓋了修道院，甚至可能發展成城鎮。

「嗯……要什麼都行嗎？」

「妳這麼問的範圍太廣，我哪敢隨便回答。不過，嗯，差不多一百枚銀幣吧。就是要再買一件妳身上穿的高級服裝，也沒問題吧。」

赫蘿左一次右一次地看著自己的衣服，然後閉上眼睛。

羅倫斯猜測赫蘿應該是在思考要討什麼東西，他心想不知道赫蘿這次會要求買蘋果，還是蜂蜜醃漬的桃子。

赫蘿的尾巴發出「啪噠、啪噠」的聲音甩動著，不久後，她似乎想到要什麼東西了。

不過，或許是想到了太昂貴的物品，赫蘿有些面帶難色。

「如果有困難，咱就死心。」

「難得妳會表現得這麼謙卑。」

聽到羅倫斯開她玩笑，赫蘿笑笑後，指向羅倫斯說：

「汝剛剛在做的工作。」

「工作？這個嗎？」

「嗯。就是撰寫文字的工作。汝不是說過如果在城鎮委託這工作，要花上一筆不小的錢嗎？」

光是懂得閱讀書寫文字，就算擁有一種專業技術。

請人代筆寫信的費用當然很貴，但如果是撰寫正式文件，費用更是驚人。

「什麼嘛，妳有東西想叫我幫妳寫啊？」

「嗯？嗯……算是唄。」

「如果只是要寫字，不過是小事一樁……不過，妳不要其他東西嗎？好比說蘋果或是蜂蜜醃漬的桃子之類的。」

比起吃的東西，赫蘿竟然會優先選其他東西，真是太難得了。

該不會是因為提到有關記錄的話題，讓赫蘿起了念頭，想要留下自己故鄉的記錄吧？

「雖然汝的提議也相當有吸引力，但食物吃下肚子就沒了，是唄？汝不是說過嗎？汝說文字不會有變化，所以能夠保存得長久。」

看見赫蘿說話時一副難為情的模樣，羅倫斯便知道自己果然猜得沒錯。

羅倫斯點了點頭說：

「不過，如果妳是要我寫厚厚一本書，那就頭痛了。」

「不，內容不會太長。」

赫蘿走下床，隨即輕快地坐上書桌。

既然內容不會太長，那麼赫蘿的意思是要羅倫斯立刻拿筆寫嗎？

「那，妳要我寫什麼呢？」

聽到羅倫斯的詢問，赫蘿沒有立刻回答，而是把視線稍微拉向遠方。

那模樣看起來像在一字一句仔細地思考文章內容。

這內容對赫蘿一定非常地重要。

領悟到這點後，羅倫斯耐心等待著赫蘿回答。

這時傳來如輕風吹過般的聲音，那是赫蘿吸了口氣，決定不再深思的聲音。

「文章標題就寫，為賢狼赫蘿……」

羅倫斯急忙拿起羽毛筆，並準備攤開空白羊皮紙。

儘管看見羅倫斯的慌張模樣，赫蘿還是沒有停頓下來：

「帶路返回故鄉之合約書。」

羅倫斯停下手，轉頭看向赫蘿。

「畢竟人類的記憶好像很靠不住吶。要是汝忘了這約定，咱會很困擾。」

赫蘿的表情非常認真，感覺有些像在責備羅倫斯。

羅倫斯說不出話來。

羅倫斯的腦海裡，接二連三地閃過赫蘿來到這村落後生悶氣的模樣。

赫蘿說過她是因為沒有自己能夠派上場的機會，而感到過意不去，所以才會不開心。

然而，這個理由只是赫蘿的權宜之計。

真正讓赫蘿不開心的理由是這個約定。

羅倫斯答應帶赫蘿回故鄉的約定，說穿了不過是口頭上的約定。

明知如此，羅倫斯居然還傻傻地說什麼「人類的記憶很靠不住」，又勤快地為了村落工作。

「不、不是啊……可是……」

羅倫斯好不容易開口說話，卻根本不成話語。

雖然無法以言語好好表達，但羅倫斯自認這一路來，比起任何生意合約，與赫蘿的旅行才是最重要的，也相信赫蘿明白這點。

所以，雖然知道自己確實太遲鈍，但羅倫斯有些無法接受赫蘿因為這樣就生氣。

「可是怎樣？」

赫蘿聲音冷漠地反問。

感覺上似乎是赫蘿比較有理。

而且，確實是羅倫斯太不體貼了。

羅倫斯說了句：「沒事。」並準備道歉的瞬間——

「呵。畢竟咱被汝嚇過好幾次，讓咱記憶深刻得都忘不了合約。」

赫蘿突然展露笑臉，一邊發出咯咯笑聲，一邊這麼說。

「哎，咱看汝已經在反省的樣子，就原諒汝唄。」

羅倫斯知道自己還是有辦法反駁赫蘿，而知道赫蘿應該也明白這點才對。

所以，羅倫斯如赫蘿所願地這麼說：

「……是我不好。」

「嗯。」

赫蘿的耳朵看似滿足地微微顫動著。

「不過吶。」

說著，赫蘿再次板起臉孔俯瞰羅倫斯。

羅倫斯心想「這次又怎麼了？」並坐正身子時，赫蘿把臉貼近他說：

「既然不需要合約書，咱可以要求別的東西當作這次的報酬唄？」

羅倫斯的身子微微後仰，點了點頭。

當然要給赫蘿報酬了。

羅倫斯原本這麼想著，但後來發現了赫蘿的企圖，忍不住放聲說：

「等一下，妳的意思是——」

「請人寫咱與汝的旅行合約的錢，不知道能夠買到多少東西吶。嗯～不知道咱吃不吃得完呢。」

赫蘿開心地露出大大的笑容，不停甩動著的尾巴眼看就要掃倒書桌上的東西。

沒有人知道赫蘿何時會設下陷阱等待羅倫斯上鉤。

羅倫斯已經做出承諾了。

他根本沒有反駁的餘地。

「呵。汝現在的表情跟方才的克洛利一模一樣。」

赫蘿說著，頂了一下羅倫斯的鼻尖。

羅倫斯連撥開赫蘿的手的動力都沒有。

赫蘿走下書桌，然後轉過身，隔著椅背靠在羅倫斯身上。

「那麼，汝也要放聲大哭嗎？」

羅倫斯除了笑，已經做不出其他反應了。

他從椅子上站起來，旋即開口說：

「那也不錯啊。幸好我有願意抱住我的對象。」

赫蘿露出了微笑。

羅倫斯先做好心理準備，然後這麼說：

「不過，不知道妳那小小的胸膛抱不抱得住我——」

清脆的聲音響起。

赫蘿不停甩手，並且開心地笑著。

羅倫斯抓住赫蘿伸出的手，然後挺起搖晃的身軀。

整個過程中，赫蘿一直保持著笑容。

很明顯地，赫蘿臉上是虛假的笑容。不過，羅倫斯知道讓笑容化假成真的魔法。

赫蘿會一直保持著笑容，就是在催促羅倫斯念出咒語。

羅倫斯沒有選擇的餘地。

於是，他緩緩念出咒語：

「這樣我就永遠不會忘記妳的笑臉了。」

赫蘿的尾巴輕輕膨起，並且稍微加重握手的力道。

在停留了好幾百年的村落，赫蘿只留下名字而漸漸被人們淡忘。

就算使用文字，也無法記錄下赫蘿的笑臉。

屋外傳來佈置宴會的聲響。

看來今晚的酒會讓人特別容易醉。

赫蘿輕輕點了點頭，臉上浮現靦腆的笑容。

完

狼與嫩草色的繞道

即使在嚴酷的寒冷季節，有時也會出現讓人以為春天已到的晴朗天氣。

這時沒有風兒吹拂，如果靜靜待在陽光下不動，甚至會覺得熱。

遇到這般好天氣時，即使是把時間視為金錢的商人，也會停下腳步或駕著馬車偏離道路，然後挑一塊沒有遭到羊兒或牛隻亂啃的草地躺下來睡覺。

這時身邊會放著少量的葡萄酒和燕麥麵包。

然後一邊眺望高空，一邊時而沾一小口葡萄酒，再咬下一口燕麥麵包。

躺著躺著，很容易變得連麵包都懶得吃，就這麼邋遢地叼著麵包打起盹來。

蓋在身上的棉被吸取了滿滿的陽光，會讓人陷入彷彿睡在暖爐旁的錯覺。

唯有鳥鳴聲以及陽光灑落的聲音傳進耳中。

這般享受是以旅行度日者的特權。

這樣的特權足以讓人動起歪念頭。

故事的開始是因為一張地圖。

時間來到總算不再哈欠連連、太陽已高高升起的上午時刻，駕著馬車四處旅行的旅行商人羅倫斯，因為厭煩於單調路程，而攤開鮮少翻閱的地圖。

這張地圖是羅倫斯幾年前連同標出可疑寶物所在處的藏寶圖，一起廉價買下的地圖。

雖然藏寶圖使用了劣質紙張，感覺紙張就快連同圖案散開來，但另一方的地圖是使用耐用的羊皮紙畫成，確實具有實用性。

羅倫斯拿著這張地圖，把視線移向東方。

羅倫斯兩人前進的道路，與森林平行延伸了好長一段路。

雖然近在森林旁的這條道路，簡直就跟幾乎長不出草的荒野沒兩樣，森林卻是全年樹木長得茂密、一片綠油油。

不過，這片森林雖然看來蒼鬱，但聽說以前為了在鄰近地區建蓋新城鎮，從森林砍伐了大量樹木，使得森林面積少了一半。

羅倫斯手上的地圖也畫出了森林以前的面積，說出這片森林過去在這地區有多麼宏偉。

「怎麼著？」

羅倫斯坐在馬車駕座上忙著看地圖時，悠哉躺在貨台上的旅伴——赫蘿察覺到他的舉動。

回頭一看，裝扮很容易讓人以為是修女的赫蘿保持倚在行李上的姿勢，一副慵懶模樣傾著頭看向這方。

「我發現這裡有砍伐場。」

「砍伐場?」

「不過,現在已經不被利用了。砍伐場就是砍下森林裡的樹木,來調度木材的地方。」

不過,讓羅倫斯感興趣的地方,當然不是這座森林過去有多麼宏偉。

羅倫斯把視線移向延伸到森林裡的道路,前方似乎有草原,而這才是他感興趣的地方。

「喔……那砍伐場就在這條道路前方?」

羅倫斯把視線拉回手邊的地圖,然後向赫蘿說明:

「隔著森林的這端是連接城鎮和各村落的交易道路,因為有大量羊群和牛隻經過,所以變成像妳看到的這樣光禿禿的。不過,隔著森林的另一端好像有一大片肥沃的草原。」

「肥沃的草原?」

赫蘿連挺起身子都嫌麻煩,只投來聲音問道。

「聽說就算是現在這時期,那裡還是有一大片沿著平緩斜坡長出來的茂密青草。」

赫蘿遲遲沒有回答。

羅倫斯有些在意地回過頭看後,發現赫蘿投來不悅目光。

「咱不是羊。就算看到草原,也不會覺得開心或有任何情緒。」

赫蘿以感到無趣的口吻說道。

這時如果有人恰巧走過馬車旁，一定聽不太懂這句話的意思。

不過，赫蘿這麼說並非刻意在繞圈子說話。

赫蘿頭上頂著一對不屬於人類的美麗狼耳朵，腰部長出擁有蓬鬆毛髮的尾巴。

雖然赫蘿的外表看起來就像十幾歲的少女，但真實模樣是能夠輕鬆一口吞下人類的巨狼。

聽到赫蘿的話而感到納悶的人，如果看見其真實模樣，肯定能夠充分了解她話中的意思。

「失敬、失敬。不過，那片草原如果只是用來吃草，就太可惜了。」

「嗯？」

「今天天氣這麼好。溫暖陽光灑落整面斜坡的草原，這聽起來不會有點吸引人嗎？」

在這瞬間，赫蘿把視線移向不知何方。下一秒鐘，她的尾巴在手中扭動了起來。

憑赫蘿那麼豐富的想像力，肯定確切理解了草原的用途。

所以，當赫蘿再次開口提問時，已經往前跳過了一步。

「可是，汝不是要趕路嗎？」

穿過森林在陽光灑落的草原上悠哉午睡；對時間就是金錢的商人來說，這樣的行為等於是拿繩子勒住自己的脖子。

不過，赫蘿算是關心旅程延遲才會這麼詢問。而她詢問時的眼神之嬌媚，就連讓歷代皇帝迷離顛倒的絕世美女，恐怕也會來不及穿鞋子就逃跑。

赫蘿表現得如此嬌媚，反而讓人有一種清新的感覺。

而且，比起口中說出的話語，赫蘿的尾巴更說出了她的真意。

就羅倫斯來說，如果能夠讓赫蘿這麼開心，就算旅程延遲了些也無所謂。

他甚至覺得如果只是悠哉地做日光浴，就能夠讓赫蘿感到開心，可是太值得了。

這趟旅途本來就是少有娛樂的乏味旅途，所以需要安排一些消遣來消除鬱悶。

「為了有效率地前進，也需要休養。不過，讓妳有了期待又這麼說，實在有些過意不去……」

「怎麼說？」

羅倫斯揮了揮地圖後，接續說：

「很遺憾地，我不確定這張地圖可不可靠。要是發現很難穿越森林，我們就放棄。」

如果對象是小孩子，羅倫斯會覺得難以啟口，但幸好他的對象是被稱為賢狼的赫蘿。

赫蘿充分理解羅倫斯是考慮到什麼事情，才會這麼提議。

原本仰臥著在梳理尾巴的赫蘿翻過身子，以趴下的姿勢抬高視線看向羅倫斯說：

「那有什麼好擔心。如果是這樣，到陽光從枝葉之間射進來的樹下閒躺就好了唄。」

如同羅倫斯形容草原的模樣後，由赫蘿去想像那畫面一樣，這回換成羅倫斯來想像赫蘿形容的畫面。

在全年不會有落葉飄下的森林裡，兩人一邊聆聽時而吹來的風吹動樹林的聲音，一邊在陽光從枝葉之間射進來的樹下優雅地午睡；這感覺確實也不錯。

羅倫斯把視線從這般想像拉回赫蘿身上時，赫蘿以眼神詢問說：「如何？」

「感覺不錯。」

「那就這麼決定了。」

羅倫斯放下地圖，並握起韁繩，赫蘿則是再次翻過身子仰臥在貨台上。

然後，馬車在通往森林的道路上開始前進。

這天天清氣朗，時間正是不再哈欠連連的上午時刻。

到現在似乎還有人會利用通往森林的道路。

利用者可能是獵人、採樹果的人，也可能是前來採集野生花蜜或木柴的人。不管是什麼人在利用，這條道路受到良好的整頓，就是駕著馬車也能夠輕鬆前進。

森林裡不會太安靜，也不會太吵鬧，想要悠哉地繞道而行時，選擇這裡再適合不過了。

因為顧慮到羅倫斯的感受，赫蘿一直沒有拿出酒來喝，但進入森林後，也忍不住一邊聆聽鳥鳴當作下酒菜，一邊小口喝起葡萄酒來。

當然了，羅倫斯早已抱著繞道的悠哉心情，所以不會因此而生氣。

不過，羅倫斯還是會時而回頭看向貨台，並叮嚀赫蘿不要喝光了酒，而當赫蘿一副像在行賄似的模樣遞出皮袋時，他也會接過酒來喝。

根據他手上的地圖所示，森林呈現縱向細長形狀，而兩人駕車前進的這條道路，是以橫向劃過森林而延伸。另外，這條道路經過細長森林最細窄的部位，想要以最短距離穿越森林時，這條道路是最容易行走的道路。

不過，道路沒有照著地圖所示方向延伸是常有的事情，所以馬車平順地前進了好一會兒後，便看見道路大幅度地彎向右方。

地圖上找不到眼前的道路，路況看起來也不像因為舊路被倒下的樹木擋住，而另外開闢的新路。眼前的道路看起來像原本就朝向右方延伸。

雖然地圖上沒有這條路，但這條路看起來不像分岔路，也沒必要猶豫吧。

羅倫斯這麼做出判斷後，讓馬車順著道路前進。

「說到冬天的森林吶。」

貨台上的赫蘿突然開口。

「不應該白天來，應該清晨來比較好。」

因為不太容易掌握路況，車輪何時會勾到樹根或陷入沼澤都不知道，所以羅倫斯沒有回頭看。不過，他從語調聽得出來赫蘿已醉意頗深。

「為什麼？」

「嗯。雖然這片森林不太會掉葉子，但地面還是會有落葉堆積唄？因為承受不了夜裡的寒氣，而變得濕答答的落葉照射到日光後，會冒出白色水蒸氣。如果在那裡用力深呼吸……」

「已經習慣冬天乾燥空氣的肺部，吸入那帶有濕氣的空氣後，會覺得舒服極了。」

聽到羅倫斯接著這麼說，赫蘿發出「嗯」的一聲，看似滿意地點了點頭。

「如果要白天來森林，就該選在夏天。在夏天，從枝葉縫隙射進來的強烈陽光照在臉頰上時，感覺就像被鳥兒羽毛搔癢一樣。」

「不過，夏天森林裡的蟲太多了。」

羅倫斯也是以旅行度日的人，他當然知道森林在四季裡的好與壞。

不出所料，果然傳來了赫蘿顯得難為情的笑聲。

夏天裡，在陽光從枝葉之間射進來的樹下，赫蘿一副嫌煩的模樣甩動尾巴趕蟲的畫面，清晰地浮現在羅倫斯眼前。

「不過，森林是個好地方。不像咱們最近老是在平野……啊……呼……活動。」

午睡時間差不多到了。

赫蘿夾雜著哈欠聲這麼說，然後發出沙沙聲響翻弄著棉被。

因為距離草原似乎還有很長一段距離，所以赫蘿開開心心地準備入睡。面對這樣的旅伴，羅倫斯這麼提出了抗議：

「不限於森林，不管是平野或其他地方，還是有其享受樂趣的方法。」

「……嗯？」

「就是跟旅伴一直聊天下去。」

好天氣時，在平野前進的單調路程有些像在考驗耐性。

就算路程不是那麼單調，看見赫蘿在自己身後的貨台上悠哉午睡，還是會讓必須握住韁繩的羅倫斯感到不是滋味。

所以，他才會刻意這麼說。聰明的赫蘿似乎察覺到了羅倫斯想表達的意思。

赫蘿動作輕盈地把下巴靠在駕座椅背上，然後一副愛惡作劇的模樣仰望他。

「畢竟咱是狼吶。很遺憾地，咱不喜歡缺乏刺激性的對話。」

赫蘿發出輕微攻擊。

羅倫斯態度柔和地閃過攻擊說：

「那這樣，我們也可以針對晚餐有什麼選擇，來一場激烈議論。」

赫蘿稍微嘟起嘴巴。

「比起激烈的對話，跟咱聊一些會讓人發熱的話題，好嗎？」

她瞇起一半眼睛，然後用耳根輕輕磨蹭羅倫斯的手臂。

赫蘿一向的作風就是，先讓人誤以為她喝醉，再等待對方因此掉以輕心。

所以，羅倫斯決定當她純粹是覺得耳根癢，才會做出這樣的舉動。

「發熱？妳是說那種會讓人不禁臉紅的話題啊？」

「呵。嗯。」

如果赫蘿是小狗或小貓，就可以粗魯地摸摸她的頭，然後賞一塊肉乾給她吃；但很遺憾地，赫蘿是一隻只要對方一有疏忽，就會吃掉對方的狼。

羅倫斯舉高手臂，然後緩緩將手肘放在赫蘿的頭上。赫蘿立刻從喉嚨深處發出「唔」的不滿聲音，並投來嚴厲目光。

「光是想到妳不知道喝了多少酒，就夠讓我滿臉通紅了。」

「……咱才沒有喝那麼多酒。」

赫蘿每次喝酒就算已經喝了好一會兒，也不會顯現在臉上，所以外表看起來幾乎跟清醒時沒兩樣。

不過，羅倫斯迂迴的挖苦話語似乎讓赫蘿有些在意，她鑽出羅倫斯的手肘底下，然後不停用力擦著臉。

「記得要保留在曬得到陽光的草原上，悠哉喝一杯的樂趣啊。」

「咱說過沒有喝那麼多酒了。」

赫蘿看似不滿地說道，然後縮回身子，並且動作粗魯地躺在貨台上。
見她有些像是當真生氣的模樣，羅倫斯不禁心想，或許赫蘿喝酒時沒有忘記為他保留一份。
赫蘿當然不會真的覺得羅倫斯在責怪她，但一旦遭到懷疑，心裡還是會感到不是滋味。
羅倫斯這麼做出判斷後，決定向赫蘿道歉而回過頭時，正好與她四眼相交。
這時，赫蘿露出壞心眼的笑容，而這樣的舉動足以讓羅倫斯忍不住嘆氣。
從方才的對話，到讓羅倫斯因為擔心而回過頭看，這一切都是赫蘿早安排好的劇情。
「不過，老實說，咱也喜歡無聊的對話。這當中咱最喜歡的是……」
「妳是說捉弄可憐旅行商人之類的嗎？」
「唔？嗯，這類的對話也不錯。」
因為不斷前進卻遲遲還沒穿出森林，羅倫斯凝視著前方心想「草原怎麼還沒到？」時，他發現不知不覺中出現了另一條與這條道路平行延伸的道路，而且兩條道路似乎在不遠處的前方交叉在一起。
羅倫斯聳聳肩回應赫蘿的話語，並拿出地圖確認。
「那這樣，妳喜歡的對話是哪一種類型？」
他一邊輪流看著地圖和道路，一邊時而凝視樹林另一端。
除了羅倫斯兩人經過的這條道路之外，森林裡似乎還存在著多條道路。

而且，感覺上這些道路好像複雜地交錯在一起。

如果真是如此，或許應該趁現在還沒迷路，先折返回去比較好。

羅倫斯開始慢慢浮現這樣的想法時，突然感覺到有道犀利目光刺向後頸部，而回過頭看。

「……至少能肯定的是，咱不喜歡現在這樣的對話。」

赫蘿的尾巴看似不悅地緩緩甩動著。

羅倫斯腦中突然一片空白，但那也只是一瞬間的事。

無聊的對話和敷衍人的對話雖然相似，卻不同。

獨自旅行時，羅倫斯從未在意過這種事情，才會這麼粗心大意。

所以他直率地道了歉：

「是我不對。那麼，妳喜歡什麼樣的對話？」

然後，羅倫斯再次這麼詢問，卻看見赫蘿臉上瞬間化為難以置信的表情。

「汝把咱當成了小孩嗎？」

「咦？」

「所謂的對話，應該順著話題方向走唄？汝以為這樣咱就可以忘了前面的話題，然後乖乖回答嗎？」

赫蘿說完話的下一刻，馬車因為車輪壓過樹根而晃動了一下。

羅倫斯急忙重新面向前方後，又立刻回頭看向後方。

他看見赫蘿趴在行李上準備睡覺。

赫蘿沒有面向他。

「……」

羅倫斯尷尬地重新面向前方，並用手按住額頭。

在過去對著馬兒自言自語的生活裡，不曾面臨過這般事態。

他想了很多，想著應該如何道歉，但他知道這時如果設法掩飾自己的錯，肯定會陷入泥沼。

做好心理準備後，羅倫斯這麼說：

「是我不對。」

羅倫斯方才也說了同樣的話。

不過，對話本來就應該順著話題的方向走。

「哼。」

赫蘿一副不悅模樣哼了一聲，那也是她表示原諒羅倫斯的聲音。

「那……什麼時候才能夠走出森林啊？」

赫蘿說話時之所以停頓了一下，想必是因為喝了一口皮袋裡的酒。

到了最後，赫蘿還是沒有告訴羅倫斯她喜歡哪種無聊對話。

「據說森林裡的精靈會在森林裡做出道路，賢狼赫蘿沒有這種方便的力量嗎？」

「如果是在麥田裡，也不是不行。」

「喔～真的嗎？好想見識看看喔。」

「有機會的話。」

赫蘿以冷漠的語調說道。這時羅倫斯如果抱怨，就正好中了她藉此要求回饋的詭計。

羅倫斯在千鈞一髮之際把話吞了回去。

「不過，這森林感覺有點奇怪。」

這時馬車跨過與小路的交叉口，因此搖晃了一下。

「為什麼奇怪？」

「這森林裡的路也太多了。就算這些道路是為了搬運砍下來的樹木，感覺還是太多了。」

羅倫斯心想，還是應該趁現在還沒迷路，先折返回去比較好呢？

差不多快過了正午時刻。

一旦太陽爬過正上方，影子的方向將隨之改變。

雖然羅倫斯沒有忘記回去的路，但影子的方向一旦改變，道路給人的印象也會改變，相對地也更容易迷路。

「……」

「怎麼著？」

羅倫斯陷入思考時，赫蘿搭腔。

「快迷路了嗎？」

她露出壞心眼的笑容說道。

就算知道赫蘿是出自好心，才會以開玩笑的口吻這麼提出忠告，羅倫斯身為以旅行度日的旅行商人，還是會有些不高興。

「難得已經來到這裡了，而且我還記得怎麼回去，沒問題的。」

羅倫斯知道自己在意氣用事。

不知道赫蘿是否察覺到羅倫斯的意氣用事，她緩緩甩動尾巴沉默了一會兒後，讓原本半挺起的身子用力倒向行李。

「哎，畢竟汝是以旅行度日的人。」

赫蘿一副為自己的多嘴而道歉似的模樣撤回了意見。

馬車發出叩叩聲響前進著。

道路依舊是複雜交錯且迂迴曲折，完全沒有要穿出森林的跡象。

時間一點一滴地流過，最後竟然還碰上了五岔路。

如果是一般的旅途，這時候早已向上天祈求憐憫了。

羅倫斯停下馬車，抬頭仰望天空。時刻已經過了中午，現在可說是躺在草皮上午睡的最佳時刻。反過來說，如果過了這個時間，就不是最佳時刻。

如果考慮到回程的時間，現在這個瞬間沒有抵達草原就會來不及。

不過，難得已經繞道到這裡來，如果沒有看一眼草原的壯觀模樣就折返，也未免太蠢了。

更重要的是，羅倫斯方才無視於赫蘿的忠告，這叫他面子往哪兒擺。

「……」

羅倫斯在駕座上陷入沉思，都忘了讓停下的馬兒繼續前進。

很顯然地，比起就這麼繼續前進，折返回去才是合理的判斷。

但是，羅倫斯擔心如果現在才說還是回去比較好，不知道赫蘿會對他說什麼。

儘管知道這般想法是愛面子心態，羅倫斯說什麼還是不願意很乾脆地接受事實。

或許是看出他內心的掙扎，赫蘿不停甩動著尾巴。

赫蘿顯然是在挑釁。

羅倫斯做出還是繼續前進的決定，並準備握住韁繩時，忽然察覺到一件事情。

如果就這麼勉強前進，萬一迷路了怎麼辦？

「……」

於是，羅倫斯在心中做出結論。他心想，還是折返回去好了。

在那下一秒鐘——

「呵。汝真是可愛吶。」

赫蘿突然把頭靠在駕座椅背上這麼說。

「汝要不要也裝上像咱一樣的耳朵和尾巴？」

「什、什麼意思？」

儘管羅倫斯的語調不禁變得生硬，赫蘿卻是完全不在意。

「咱的意思是，從沒見過哪個雄性比汝更容易被人識破心聲。」

「什麼？」

聽到羅倫斯帶著些許不耐煩情緒反問道，赫蘿挺起身子，並把臉貼近。

他之所以忍不住把身體往後仰，是因為看見赫蘿臉上的笑容變了。

「因為一腳踹開了咱的忠告，所以不願意說出想要折返的念頭，但如果繼續前進，又會太危險。這下子該怎麼做好呢？」

赫蘿完全說中了羅倫斯的心聲。

看見他忍不住別開了臉，赫蘿保持著笑容不客氣地把臉貼得更近。

「咱當然很快就能看出汝是為了無聊小事在意氣用事。」

赫蘿在世上活了好幾百年，並且自稱賢狼。

她把臉貼近到會在讓氣息呼在羅倫斯臉頰上的距離，羅倫斯試圖讓身體更往後仰。

然而，他坐在狹窄的駕座上。

他與赫蘿面對著面，看見赫蘿那就像算命師能夠看穿一切似的琥珀色眼珠。

「不過吶。」

赫蘿接著說話時的語調變得相當柔和，柔和得甚至讓人覺得掃興。

而且，赫蘿的臉原本已經拉近到接下來只要嘴巴一張，就能夠從頭部咬下羅倫斯的距離，卻很乾脆地縮了回去。

羅倫斯完全跟不上她變換態度的速度，只能夠發愣地注視著赫蘿往駕座椅背坐下。

「嘿咻。不過吶，只要想到汝會意氣用事的原因，咱根本生不了氣。」

因為赫蘿坐在椅背上，所以是赫蘿從上方俯瞰羅倫斯。

平常都是羅倫斯從上方俯瞰赫蘿，但赫蘿從上方看人的模樣，顯得有威嚴到甚至教人生氣。

「汝就算逞強，也想站在比咱更優勢的地位，是唄？這樣的想法就像個小孩子一樣，咱說什麼也生不了氣。」

如果赫蘿是露出嘲笑人的笑臉，羅倫斯或許還有辦法反擊。

他試圖反駁赫蘿，卻像個少年一樣失敗是有原因的。

因為赫蘿沒有表現出想與人競爭的態度，也毫不矯飾，就像個年長的大姊姊一樣展露微笑。

面對赫蘿這般態度，羅倫斯根本無計可施。

而且，羅倫斯的心聲完全被識破，他就是想掩飾，也掩飾不了。

「說到汝的缺點呢。」

赫蘿一邊說話，一邊動作輕盈地跳到駕座上。

在羅倫斯身邊坐下後，因為身高的差距，變成赫蘿必須從下方仰望羅倫斯。

「就是什麼事情都喜歡用天秤來判斷。」

「……天秤？」

「嗯。汝老是在意不知道是右邊比較重，還是左邊比較重，或是誰占上風，誰又占下風。就是因為抱著這樣的心態，才會失敗。不過，對商人來說，這樣或許是對的唄。」

赫蘿把手伸向貨台拉起棉被，發出一陣窸窸窣窣的聲響。

拉起棉被後，赫蘿突然輕輕拍打羅倫斯握住韁繩的手說：

「汝打算握住韁繩握到什麼時候？」

「……咦？握到什麼時候？現在不是要折返回去嗎？」

羅倫斯不明白赫蘿的意思，不禁感到訝異地反問道。赫蘿聽了，臉上表情立刻化為難以置信的表情。

「真是的……汝忘了咱跟汝說了什麼嗎？汝欠缺的是要懂得看清楚對話的方向。」

羅倫斯記得交談當中赫蘿好像說過這樣的話。

不過，他不明白這跟鬆開韁繩有什麼關聯。

羅倫斯感到懷疑地心想赫蘿該不會又要設下什麼複雜陷阱等他掉進去，但很快地就發現自己會錯了意。

「啊！」

「真是的，汝總算察覺到了啊。」

羅倫斯無言以對。

只要回想方才一路怎麼對話下來，就會知道其實事情很單純。

稍微思考進入這片森林之前，與赫蘿有過什麼樣的對話，就會知道有多麼理所當然。

那時羅倫斯說過如果發現很難穿越森林，要怎麼做呢？

「一開始這麼做就好了，汝卻自己打算硬往泥沼裡走。咱之所以能夠輕鬆地讓汝掉進陷阱，並不是因為咱聰明，純粹是因為汝太笨了。」

被赫蘿一拉後，羅倫斯鬆開了韁繩。因為雙手突然空出來，羅倫斯一下子張開，一下子又握住拳頭。

聽到赫蘿這麼說，就會發現這麼做有多麼理所當然，之前卻完全沒有察覺到。
「而且吶，想要討咱歡心，根本不需要執著於草原，汝知道嗎？」
赫蘿發出「啪唰」一聲攤開棉被，然後動作巧妙地用棉被裹住羅倫斯。
羅倫斯會執著於草原，也是因為沒有看清楚對話的方向。
赫蘿說過喜歡在旅途中做什麼呢？
「無聊的對話當中，妳最喜歡什麼樣的對話？」
「嗯。汝當初如果確認了這點，說不定根本不需要勉強去到草原，還能夠讓咱心情大好。」
赫蘿的語調顯得非常開心。
事實上，她應該真的很開心吧。
因為羅倫斯一直遭受她的攻擊。
「那，妳最喜歡什麼樣的對話呢？」
這麼詢問後，羅倫斯驚訝地睜大了眼睛。
羅倫斯之所以感到驚訝，並不是因為赫蘿在生氣，或看見她露出難以置信的表情。
更不是因為赫蘿藐視他，或嘲笑他。
而是因為赫蘿聽到羅倫斯的詢問後，一副難為情的模樣靦腆地說：
「咯咯……其實吶，咱只能趁著話題走到這裡才好意思說出來。」

赫蘿一副為自己說的話感到難為情極了的模樣縮起脖子，然後自己咯咯笑著。

可見赫蘿最喜歡的對話有多麼讓她難為情。如果真是如此，選在這時候說出來，確實是最佳時機。

赫蘿現在站在壓倒性勝過羅倫斯的優勢地位。無論她說什麼，羅倫斯都會接受。

「咱最喜歡像這樣一邊說話，然後就這麼掉進夢鄉。一邊聽著無聊的對話、聽著會讓人耳朵發癢的話語……」

或許是因為難為情，赫蘿最後別開了臉。

的確，喜歡一邊說話讓自己掉進夢鄉，就跟喜歡聽著搖籃曲睡覺沒什麼兩樣。

不過，聽到赫蘿這麼說後，羅倫斯心想確實有這樣的印象。

他想起赫蘿經常說話說到一半就掉進夢鄉。

羅倫斯一直以為那是赫蘿的任性表現，沒想到真相卻是如此。

探頭看向別過臉去的赫蘿，發現她紅著臉。羅倫斯心想，赫蘿或許是真的感到難為情。

「怎樣？很蠢唄？」

「……很遺憾地，確實很蠢。」

赫蘿重新面向羅倫斯，然後露出充滿恨意的表情，用頭頂了一下他的頭。

「不過，現在是誰處於優勢啊？」

不需要確認也知道誰才是最蠢的人。

當初如果問出赫蘿的答案，此刻絕對是羅倫斯處於優勢。

他根本不需要執著於非得去到草原不可，也沒必要意氣用事而白白浪費精力。

甚至還有可能是赫蘿變得意氣用事。

赫蘿謹慎地看清楚對話方向，所以贏得了勝利。

「真是贏不過妳。」

「那當然。」

赫蘿稍微動了一下身子後，狼耳朵立刻一陣微微顫動，並傳來哈欠聲。

「咕……咱已經說了咱最喜歡的事情。找個話題跟咱聊聊，好嗎？」

赫蘿提出的要求明明如此地孩子氣，卻是她握住了韁繩。

羅倫斯雖然感到極度不甘心，卻不會因此討厭赫蘿，而他也非常清楚原因。羅倫斯不得已只好拿出晚餐有什麼選擇的話題與赫蘿聊天。

跟平常一樣，晚餐的選擇有無味的麵包、肉乾和樹果乾。如果在森林裡跑動，說不定還可以抓到鵪鶉或兔子；羅倫斯提到這個話題時，看見赫蘿耳朵豎得高挺而忍不住笑了出來。

羅倫斯就這樣一直聊著這般話題，不久後便傳來赫蘿入睡的呼吸聲。

這隻幾分鐘前還一直捉弄著羅倫斯的狼，一副玩累了的模樣睡著了。羅倫斯邊看著這般模樣的赫蘿，邊思考著不知道自己有沒有哪天能夠順利掌握住對話方向，以站在比她更優勢的地位。

雖然沒有在草原上來得暖和，但只要兩人窩在同一床棉被底下，那程度也不會輸給草原。與體溫就像小孩子一樣偏高的赫蘿在一起，更是暖和。

看著赫蘿，羅倫斯不禁覺得她睡著時的模樣竟是如此地毫無防備。現在就算捏赫蘿的鼻子，想必也不會吵醒她；就是把手指伸進被汗毛覆蓋的耳朵裡，說不定也不會被發現。

看見赫蘿如此純真的睡臉，多次遭受攻擊的羅倫斯內心不禁燃起這般復仇心。

或許是上天的旨意吧。

這時，赫蘿的身體突然失去了平衡，羅倫斯趁著扶住她的時候，做出輕微反擊。

他一副在強調「我才是妳的保護者」似的模樣，用手臂抱住赫蘿纖細的肩膀。

然後，就在羅倫斯準備也閉上眼睛的瞬間——

「合格。」

赫蘿輕聲說道。羅倫斯聽了後，不禁僵住了身子。

羅倫斯心想，原來現在才是一連串對話的終點。

赫蘿稍微抬高頭露出壞心眼的笑容，她的尖牙在嘴唇底下發著光。

「設陷阱時，只要設在瀑布積水處就好了。」

為了順著對話的方向走，羅倫斯只能這麼接續說：

「因為這樣……笨魚就會自己掉進陷阱？」

赫蘿點了點頭，並發出咯咯笑聲。

羅倫斯仰頭望向天空，並因為太不甘心，用抱住赫蘿肩膀的手輕輕勒住她的脖子。

赫蘿的尾巴突然開心地用力甩動起來。

真是的，好蠢啊。

真的好蠢。

對商人而言，繞道這種浪費時間的行為，根本就像拿繩子勒住自己的脖子一樣。

在羅倫斯做出這般行為的當下，早已決定了勝負。

商人開開心心地拿繩子纏住自己脖子時，什麼人會握住繩頭呢？

當然沒其他人了。

羅倫斯無力地垂下頭，然後把自己的臉壓在赫蘿的頭上。

那模樣彷彿在說這段對話的終點應該在此刻。

完

黑狼的搖籃

卸下所有乾草束後，總算能夠喘口氣。

有些地方明明還看得見薄薄一層積雪，卻因為春天的陽光和至今仍未習慣的勞力工作，讓人甚至流出汗來。

「草質很不錯，今年家畜應該會養得肥肥胖胖吧。」

瓊斯商行的男子點完乾草束數量後，沒特別用意地這麼說。

芙洛兒原本用手撥著沾在衣服上的乾草，儘管顯得不自然，她還是對著這名與父親年齡相仿的男子，盡最大努力地說出應酬話語：

「事實上，聽說因為養得太肥胖，整個冬天都在吃肉。」

「這樣啊。那就表示應該比平常多採買一些比較好啊……真的是這樣嗎？」

「那麼，要算多少錢呢？」

聽到芙洛兒的話語後，原本用羽毛筆搔著下巴的商行男子，總算記起還沒支付貨款。男子重新點了一遍已經點過好幾次的乾草束數量，隔了很長一段時間後，才回答說：

「十七里格特。」

「照約定，最少應該有二十才對。」

儘管聽到芙洛兒當場這麼反駁，對方卻只是一直轉動著羽毛筆。
這是商人把對手當笨蛋看待時，才會出現的獨特空檔。
芙洛兒就快收起臉上僅存的少許附和笑容時，後方傳來另一人的聲音：
「這種時候應該說是二十五才對。」
「歐拉。」
芙洛兒回頭一看，看見後方出現一名年老商人。
原本把弄著羽毛筆的男子搔了搔太陽穴後，用鼻子輕笑一聲，並傾著頭說：
「那麼，就看在這麼厚臉皮的份上，算你們二十里格特。」
「這當然包括了借馬車的費用吧？」
儘管一頭美麗銀髮如今已變得稀疏，歐拉每天早上還是會用蛋白塗抹頭髮。
雖然對方也是不算年輕的商人，但與歐拉比起來，對方看起來甚至像個小孩子。
「無妨，情報費也含在裡面一起好了。」
「感謝上天。」
對於沒有理會自己而進行的商談，芙洛兒沒有插嘴說半句話。
因為整筆交易直到歐拉開始從馬車貨台上卸貨的時間點，芙洛兒才總算找到自己也能做的工作。

「走了喔。」

歸還馬車並確認商行男子記入帳簿的金額後，歐拉只丟來這句話，便走了出去。

與外表給人的感覺比起來，歐拉的體力可說相當好，就算背著行李，走起路來也十分輕快。

港口卸貨場一會兒有人從那邊走來，一會兒馬兒走來這邊，一會兒另一頭又來了馬車，好不擁擠，歐拉走路時卻有辦法不跟任何人碰撞，就像懂得施展魔法一樣。

為了掩飾自己是年輕女性，芙洛兒用頭巾包住了臉。到現在仍不習慣包頭巾的她，就是想在港口卸貨場直直前進都有困難。直到走進兩人並肩而行時，就會堵住整條路的小巷子後，芙洛兒才好不容易站到歐拉身旁。

走在小巷子裡，上方傳來嬰兒哭聲，下方傳來老鼠叫聲，與頭部同高的窗框上還會傳來貓叫聲。不久前的芙洛兒恐怕到死，都想像不到自己會踏進這樣的場所。

即便如此，人類還是有辦法適應任何事情。

看見小貓睡在窗框上的盆栽旁邊，芙洛兒經過時還會忍不住輕輕撫摸小貓的喉嚨。

原來平民的生活也不會太差。

「大小姐。」

因為歐拉的憤怒聲音傳來，小貓輕快地跳進住家裡去。

芙洛兒露出責備的眼神看向發出這般不識風趣聲音的人，結果看見對方的眼神裡帶著更深的責備。

「您沒在反省嗎？」

被不管是年齡還是經驗都壓倒性勝過自己的人責備，芙洛兒還忍不住笑了出來，但這並非因為她膽子大。

純粹是因為她想起小時候老是挨家庭老師罵的往事。

「嗯，抱歉。唉，我是有在反省啊。」

事實上，在交涉場合中，芙洛兒是個完全沒用的存在。

「而且，我這次面對打算違背約定的對象，卻沒有生氣，而我這樣竟然沒有想要你誇獎。」

「大小姐！」

聽到芙洛兒開的小玩笑，歐拉露出不悅表情，連光禿禿的頭頂都浮現了抬頭紋。

在交涉場合上，歐拉的不變表情甚至會讓人誤以為他是石像，但到了其他場合時，表情卻是這麼地豐富，芙洛兒總是為此感到訝異。

「別生氣了。而且，我說過不要叫我大小姐。」

「如果不希望聽人叫您大小姐，就請您多抱持一些身為商人的自覺。」

面對歐拉直射而來的目光，芙洛兒驀地別開視線。

抱持身為商人的自覺；這句話芙洛兒一直記在心頭。

因為她已不再是貴族了。

波倫家第十一代主人，芙洛兒・馮・伊塔詹托・瑪莉葉・波倫。

現在看見這麼長一串名字，芙洛兒甚至有種懷念的感覺。

「我當然有自覺啊。你看我都搬了鯡魚把手弄得這麼臭，回程還疊了高高一堆乾草。」

「關於這點，確實令人刮目相看。現在誰也不會相信不久前您連騎馬都一副心驚膽跳的樣子吧。」

因為歐拉還在生氣，所以芙洛兒感覺不出歐拉在誇獎她。

芙洛兒當然知道歐拉生氣的原因。

但是，個性嚴格的歐拉似乎一定要清楚說出原因才甘心。

「採買鯡魚花了十二里格特。關稅花了四里格特。作為糧食的小麥麵包、羊肉乾、鹽漬豬肉，再加上乳酪、醃漬食物和葡萄酒共花了半里格特。馬匹的飼料費和馬車租金花了二里格特。這些全部加起來是多少？」

聽到歐拉的詢問，芙洛兒在頭巾底下嘆了口氣。

鯡魚的採買金額加上所花費的費用，合計是十八又半里格特。商行男子厚顏無恥地說出十七里格特，如果接受了這樣的酬勞就會虧損。

雖然貴族是活在贈予與接受的習慣之中，但是人們做生意時，並不是把贈予與接受加在一起如此單純。
交給對方某物品後，必須收下超出該物品價值的物品。
原因是，如果不這麼做，就會餓肚子。
「不過，我沒打算接受那樣的價格。」
「是這樣嗎？」
歐拉保持面向前方的姿勢走著，連看芙洛兒一眼都沒有。面對歐拉這般態度，芙洛兒再怎麼好脾氣，也忍不住生起氣來。
「難道你認為我是那種不敢反駁的膽小鬼？」
聽到芙洛兒的這般話語後，歐拉立刻轉頭看向芙洛兒說：
「不敢。可是，大小姐，您就算在那裡固執地主張合約是二十里格特，也沒有能夠證明的證據。」
「我確實從那個人口中聽到這樣的合約，你不相信嗎？」
「我當然不會不相信。可是，沒有什麼事情比跟人爭論個沒完沒了更丟臉了。而且，爭論到最後，往往都是取雙方價格之間的價格來達成協議，這才是一般的想法。」
「所以你才會說二十五里格特啊？」
歐拉點了點頭。

歐拉點頭時之所以會一副疲憊模樣，肯定是因為想到還要教芙洛兒這種商人都知道的事情，就覺得麻煩。

沒錯。從過去到現在，歐拉一直是個純正的商人，有段時間還曾經負責掌管某大商行的帳簿。

因為從波倫家上一代主人就有往來的某御用商人，正是歐拉之前的老闆，也經常頻繁進出波倫家，所以歐拉才會稱呼芙洛兒為大小姐。

不過，到了芙洛兒差不多該論及婚嫁的時候，上一代主人因病過世，原本已經搖搖欲墜的波倫家面臨即將破產的命運，也不再與歐拉所屬的商行往來。

芙洛兒再次與歐拉見面是在歐拉的前老闆，為了簽訂成為芙洛兒丈夫的合約而來那天。

這明明不是那麼久以前的事情，如今卻像早已褪色、收在記憶深處的往事。

「那麼，大小姐。您在另一邊花了多少里格特買下乾草？」

芙洛兒的思緒很快就被拉了回來。

現實無時無刻不在動作，也會一直出現在眼前。

波倫家家道中落後，因為被富裕商人買下而重新站穩腳步，但在該富裕商人也破了產後，終於徹底地沒落。

花了多少里格特買下乾草？

聽到這個問題，芙洛兒不禁有種奇妙的感覺，覺得不可思議得有些好笑。

「二里格特。」

不過，芙洛兒畢竟也是貴族出身，她受過許多在社交場合上偽裝表情的訓練。

芙洛兒一副理所當然的模樣回答後，歐拉保持面無表情，然後動作誇張地只抬高兩手臂，並且加快速度走了出去。

看來芙洛兒真的惹火了歐拉。

商行男子支付的金額包含了把鯡魚送到內陸村落的報酬，以及回程載回乾草的報酬。

這麼一來，鯡魚加上經費是十八又半里格特，現在再加上乾草金額的二里格特，就是收到二十里格特的報酬也會虧損。

芙洛兒當然明白這樣的事實。

即便如此，芙洛兒還是有話想說。

她追上因為生氣而加快腳步的歐拉，與歐拉並肩而行說：

「我看那些村民的生活好像過得很苦。村民告訴我用來割草的鎌刀也裂開了，還要花錢修理。還悲嘆地說如果沒有二里格特，就活不下去。」

「是這樣嗎？」

歐拉回答得很冷漠。

雖說已經沒落，但芙洛兒是個貴族，而歐拉只是個平民。

當感到憤怒的芙洛兒察覺時，已經開口說：

「你想說我是騙子不成？」

歐拉停下了腳步，但連看芙洛兒一眼也不看地又走了出去。歐拉比停下腳步前更加快了走路速度。不用說也知道是誰不對。因為芙洛兒已不再是雇用歐拉的貴族，她的身分不過是向歐拉學習生意技巧，以維持生計的普通人。

芙洛兒在狹窄小巷子奔跑，並再次與歐拉並肩而行。

「……歐拉，對不起。不過，你一直叫我大小姐，所以我才會不高興。」

聽到芙洛兒的話語後，歐拉完全停下了腳步。

芙洛兒來不及停下來，而往前走了幾步路。

她回頭一看，發現歐拉臉上浮現苦笑。

「好商人必須有好藉口。」

芙洛兒聳了聳肩，然後幫忙拿了些許歐拉肩上的行李。

不久後，穿出小巷子的前方出現外觀類似的成排住家。在那個區塊裡，芙洛兒看見了自己的家。

「所以，大小姐那麼辛苦卻沒有賺到錢，是嗎？」

貝托菈是個個性直率的女僕。

所以，她心裡想到什麼就會直接說出來。

「我沒有虧損。」

「那麼，不是虧損是什麼呢？」

貝托菈的個子比芙洛兒小，年紀也小芙洛兒一歲。

至於身分，兩人有著天與地的差距。

不過，現在家計交由貝托菈掌管，在她的氣勢下，芙洛兒根本無法反抗。

如果沒有錢，就買不了明天要吃的麵包。芙洛兒還是個貴族時，即便沒錢，也還能夠靠著家族聲譽和自尊活下去，但現在這些東西只能夠帶來小小的慰藉。

芙洛兒假裝要收拾脫下來的頭巾和外套，企圖逃離現場。

「大小姐，雖然我是個沒受過教育的女人，但至少還能夠理解歐拉先生的意思。」

「不要叫我大小姐。」

「我偏要。大小姐！」

芙洛兒甩開貝托菈的制止，逃到了隔壁房間。

儘管聽見門後傳來貝托菈的嘆息聲，芙洛兒還是就這麼穿過房間走到走廊上，然後經過水槽爬上二樓。

從設置在階梯途中的木窗望出去，可看見貝托菈細心照顧的中庭。需要蔬菜或一些種類的香草、藥草時，在中庭裡全都找得到。不僅如此，如果把多出來的蔬菜拿到市場去，甚至還能夠換肉回來。

那麼，芙洛兒帶了什麼回來這個家呢？

雖然早知道會這樣，但同一件事又被負責掌管家計的貝托菈罵了一次，芙洛兒根本反駁不了。

就是還是學徒的小伙子，也懂得加法。

然而，芙洛兒根本沒辦法把乾草殺價到低於二里格特。就算知道必須顧及家計，芙洛兒還是殺不了價。那些人住在原本屬於波倫家領地的土地上，而且生活貧困，芙洛兒怎麼可能奪走他們的微薄收入？

「大小姐。」

這時，有人敲了敲房門，跟著傳來早聽膩了的歐拉的聲音。

如果是以前，就算房門顯得老舊，從芙洛兒的書桌走到房門口，隨便也有二十步的距離。

如今只需要跨大步走三步，就能夠打開房門。

「不要叫我大小姐。」

打開房門後，看見面無表情的歐拉。

「貝托菈在哭，她說大小姐不肯聽她的話。」

「……」

所謂的不講情面，就是指歐拉這種行為。

歐拉有時候比對手更了解那個人討厭聽到什麼，又開心聽到什麼。

他說過這是讓生意順利的秘訣，而這項技能似乎也能夠拿來教育人。為了讓芙洛兒知道造成虧損是一件多麼罪惡深重的事情，沒有什麼方法比拿出貝托菈更具效果。

芙洛兒表示投降地點了點頭，然後再次用力點頭說：

「我知道了啦。」

「然後呢？」

「我會向貝托菈道歉，然後好好聽她說話。」

「……」

「還有吃飯絕對會吃完。」

歐拉露出笑臉，然後留下一句「請休息一下吧」，並關上房門。芙洛兒一副感到疲憊的模樣嘆了口氣，但坐上手工粗劣的椅子時，臉上掛著笑容。

波倫家的所有房地產全被奪走，也賣掉了各種特權，傭人們則是分散各地。輾轉流離到最後，芙洛兒來到受雇工匠和身分較低的差役居住的住宅區。別說是飼養屬於自己的馬兒，一貧如洗的芙洛兒如果養得起豬，就是相當值得滿足的事情了。

雖然處境就像小說裡描述的沒落貴族一樣，但芙洛兒不覺得每天的日子過得很辛苦。面對商人的時候，確實會遇到很多事情與身為貴族的常識相差甚遠。雖然時而會因此感到生氣，但芙洛兒自認還是有辦法應付。

更重要的是，歐拉提出願意用餘生時間負責教育芙洛兒兼管帳的提議，以及傭人當中與芙洛兒感情最好的貝托菈表示願意繼續照料她的日常生活，光是這兩件事情，就足以讓芙洛兒安心地過日子。

歐拉與貝托菈讓芙洛兒明白了就算與全世界為敵，她的價值也不會僅在於擁有波倫家之名。

人類想要繼續活下去，似乎這樣就足夠了。

不過，為了維持這般生活，必須有收入。

也就是說，現在根本虧損不得。

「畢竟我已經是個商人了。」

芙洛兒這麼說出口提醒自己後，走到一樓向貝托菈道歉。

隔天中午。

芙洛兒吃完好不容易漸漸習慣口味的麥粥時，歐拉緩緩開口說：

「說到乾草，既然草質不錯的話，或許可以做一些馬匹交易。」

「馬匹？」

「在海洋另一端的大陸遙遠南方，聽說就快引起戰爭。一旦發生戰爭，馬匹會以令人難以置信的高價大量賣出，簡直就像長了翅膀的天馬一樣炙手可熱。」

雖不是瞧不起歐拉收集情報的能力，但芙洛兒感到懷疑地反問說：

「好賺的生意應該早就有人做了吧？」

「我們沒必要搶第一名。真正能賺錢的生意，就是第二名、第三名也能賺到足夠的利潤。」

歐拉一邊說話，一邊削去黑麵包的發霉部位，然後往嘴裡送。

芙洛兒剛開始總是皺著眉頭心想「打死我也不要吃發霉的麵包」，但只要經驗過一次行商旅行後，就會變得不再在意這些小事。而且，芙洛兒也得知以前在宅邸時，廚房也會做出同樣的事情，只是她不知情而已。

從貝托菈口中得知這樣的事實時，芙洛兒感到驚訝的同時，也覺得好像能夠接受事實。

「那麼，下一筆交易就是馬啊。」

無論在何處，馬匹都是高級品，但相對地，照料馬匹的費用也很高。

過去波倫家的房地產和名聲多少還有一些價值時，占微薄收入的絕大部分收入就是，農民們採收馬匹或豬隻飼料之際，所支付的森林使用費。

既然乾草因為草質良好而價格上漲，就表示有人會因為負擔不了飼料費，而賣掉馬匹。

「等會兒去收昨天的酬勞，順便向商行的人提議看看好了。」

芙洛兒拿著貝托菈勤快地幫她去掉發霉部位的黑麵包，一邊沾著深盤子裡的麥粥，一邊說道。

「請不要再虧損了。」

聽到貝托菈的話語後，芙洛兒雖然點了點頭，但忍不住露出淡淡苦笑。

芙洛兒忽然把視線移向他處，但不是因為聽到貝托菈的話語而逃開。

「喲，不知道又從哪裡跑了進來。」

隨著芙洛兒的視線看去後，貝托菈站起身子，並同時這麼說。

單手就能夠抱住的小狗，輕巧地蹲坐在通往廚房及水槽的出入口處。

「會不會就是這隻狗咬破了麥袋？」

芙洛兒還住在被森林及草原包圍的宅邸時，完全想像不到會在鎮上看見這麼多動物。對貝托菈來說，小狗似乎是個麻煩，而芙洛兒卻是相反。

「來，過來！」

貝托菈靠近後，小狗原本抬高屁股準備逃跑，但看見芙洛兒手上拿著麵包屑，似乎鼓起了勇氣，挺直四隻腳迅速站起來，然後穿過貝托菈腳下跑到芙洛兒身邊。

「大小姐。」

貝托菈每天必須與入侵廚房的老鼠、貓或狗抗戰，因而以責備的口吻喊了一聲。

直到小狗吃完麵包後，芙洛兒才抬起頭說：

「我前夫老是奪走別人的東西，我可不想變成那樣。」

就算是一條小狗，也了解為人處世的道理，有人餵食食物後，小狗會懂得表現出一時的忠誠態度。

被芙洛兒摸頭時，小狗一直乖巧地坐著，還不忘甩動尾巴。

不過，很遺憾地，小狗不是騎士，芙洛兒也不再是貴族。

貝托菈慢慢走近，然後抱起小狗從鄰近窗戶丟到馬路上。

「大小姐，您太溫柔了。」

「妳是指以平民身分生活這樣太溫柔？」

芙洛兒心裡明白這麼問太壞心眼。

不出所料地，貝托菈果然回答不出來，結果由歐拉代替她說：

「我非常了解大小姐還是夫人那時候是什麼狀況，說到我的前老闆，也不是個值得誇獎的人。儘管如此，我們還是必須靠做生意來賺錢。還是說，大小姐您有什麼其他的賺錢方法嗎？」

就算再不懂人情世故，芙洛兒也不至於不知道沒落貴族可能遇到什麼樣的下場。

如果這個沒落貴族是個年輕女子，可能性更是有限。

「與人分享之前，先懂得儲蓄。住在高處宅邸裡的人如果說出這種話，望族之名會哭泣的。」

「相對地，領主的優秀帳房就得要哭個不停。」

「是啊。而且，我不想看見貝托菈哭泣的臉。」

把沒吃完的小塊麵包丟進嘴裡後，芙洛兒站起身子。

「那麼，我去做生意了。這次不會再虧損了。」

貝托菈原本緊握著比住在宅邸時些微褪了色的圍裙，觀察著事態演變。這時，她一副總算鬆了口氣的模樣展露笑顏說：

「請慢走。」

芙洛兒臉上浮現了笑容，但這跟住處是不是美麗宅邸一點關係都沒有。

如同川水一旦結了冰就無法繼續流動，一旦到了冬季，別說是想要行駛船隻，在北方地區連港口也會結冰。因此，春天一到，船隻往來會變得極度頻繁，就彷彿要藉此一解悶氣似的。

歐拉曾經這麼向芙洛兒做過說明。實際見識過後，芙洛兒發現歐拉的說明確實可信。

天氣晴朗的這天，港口卸貨場出現異乎尋常的盛況。

「那麼，這些是酬勞。」

對方曾經想把二十里格特的貨款殺價到十七里格特，付款時卻沒有表現出猶豫的樣子。

或許名為商人的生物，都是一些怪傢伙。

芙洛兒一邊這麼想，一邊試著向商行男子提出吃午餐時歐拉提起的話題。

「買馬？」

「沒錯。聽說如果發生戰爭，就會需要馬匹。」

「嗯，確實是這樣沒錯，可是……馬啊。」

男子一邊用羽毛筆搔下巴，一邊輕輕抬高下巴，並且閉上眼睛。

「想要取得馬匹飼料，必須支付森林使用費，對吧？要是乾草漲價，照料馬匹的支出就會增加。」

「如此一來就會有人售出馬匹。妳是這樣的意思嗎？」

為了不要受騙，對方說話時必須掌握所有對方想說的話，並且在對方說完話之前擬好對策。

歐拉曾經向芙洛兒這麼做過說明，而商人們似乎都有辦法輕輕鬆鬆做到這種只有怪物才會的把戲。

看見芙洛兒點了點頭，男子先低聲發出「嗯」的一聲，並在環視四周一圈後，才這麼說：

「妳認為自己是第一個發現這件事的人？」

男子的用字遣詞之所以會有瞧不起人的感覺，想必是因為儘管芙洛兒用頭巾遮住了臉，男子還是知道她是個年輕女子。

「當然不是。不過，就算是第二個或第三個發現的人，只要是真正能賺錢的生意，應該就能夠賺到足夠的利潤。」

這是歐拉說過的話。

芙洛兒在心中暗自這麼補充一句後，男子一副不小心笑了出來的模樣，用手抹抹嘴邊。這時芙洛兒如果露出「總算反擊了回去」的表情，那就輸了。

芙洛兒在頭巾底下裝出不知情的表情。

「抱歉，看來妳似乎每天都在進步呢。妳說的確實沒錯，如妳所見，我們商行光是要應付日常業務就已經忙不過來了，如果還要採買馬匹，人手根本就不夠。所以，如果妳願意幫我們調度馬匹來到這裡，也不是沒有採買的可能性。」

商人說話絕對會在最後語帶保留。

「是要買？還是不買？」

芙洛兒接連這麼詢問後，男子露出不悅表情說：

「如果妳把瘦弱的劣等馬牽來，我們當然不會買。所以，我沒辦法給妳明確的答案。」

這時如果生氣地說：「你不相信我？」那會是貴族會有的行為。

芙洛兒心想男子的話也不無道理，於是先道了歉。

「不過，如果商品是馬匹，就算我們沒跟妳買，也會有很多人想買吧。只要確實掌握行情，以符合行情的價格進貨，想必就不會有賣不出去的問題。」

「原來如此。」

「只是呢。」

「？」

男子闔上帳簿，然後把帳簿夾在腋下接續說：

「我想這生意還是很難做吧。畢竟馬兒是活的東西，就算買下來的時候是一匹名馬，在送來的途中卻變成劣等馬的情形經常發生。」

「那也是沒錯……」

還住在宅邸時，芙洛兒曾聽說管理馬匹很辛苦。

在借來馬車四處行走的過程中，芙洛兒也實際見識過馬兒反覆無常的情緒。

如果辛辛苦苦牽來了馬匹，卻被殺到最低價賣出，別說是貝托菈，連芙洛兒也可能哭出來。

「所以，我有個提議。」

「嗯？」

「既然妳都有採買馬匹的資金了，要不要做做看別的生意？」

「別的生意？」

男子露出開心的微笑，然後再次拿起夾在腋下的帳簿，並舔了舔手指翻起帳簿。

「不會腐爛而且不會生病，也不需要餵食飼料和照顧。如果是這樣的商品，就算沒有相關知識，也不會造成太嚴重的失敗。馬匹也是因是管理上相當費工夫，才能夠賣得高價。」

男子說的每句話都非常有道理。

加上芙洛兒一直覺得男子是個討人厭的傢伙，所以聽到男子親切地告訴她這麼多，不禁感到有些驚訝失措。

不知不覺中，芙洛兒已經完全被男子的話題吸引了過去。

「那，你說的是什麼生意？」

「喔，我說的是服裝。」

「……服裝。」

芙洛兒重複說道，這時男子剛好找到他在尋找的頁面，並且把帳簿拿給芙洛兒看。

「這邊的金額是進貨金額，這邊是賣出去的金額。雖然利潤沒有馬匹那麼多，不過……妳看，從上面到下面的所有商品都有盈餘，對吧？」

只要這本帳簿不是為了欺騙對方而事先準備好的帳簿，那就如男子所說，確實都有盈餘。

而且，與芙洛兒交談的這段時間，男子並沒有時間在帳簿上動手腳。

芙洛兒這麼做出判斷後，坦率地點了點頭。

「這商品很穩定。」

男子說話的同時，也闔上了帳簿。

取而代之地，芙洛兒開口說：

「不過，要採買什麼樣的服裝？」

「那就要看妳自己怎麼判斷了。」

雖然男子給的答案相當理所當然，但芙洛兒的服裝一直都是交由他人打理，所以她根本不懂服裝。

芙洛兒猶豫著該不該先與歐拉商量時，男子忽然拍了一下手心這麼說：

「對了！跟我們商行配合往來的客戶當中，有一位看服裝很有眼光的客人。」

「很有眼光？」

「是的，有時候我們會請這位客人幫我們銷售採買進來的衣服。他賣衣服都是左手進、右手出，是個非常優秀的人才。他說過下次想要自己從採買開始負責，所以正在尋找願意提供資金的人。」

雖然芙洛兒自知不是一個天生頭腦聰穎的人，但商人說的話也實在太難以掌握到內容了。

或許是這樣的緣故，芙洛兒不禁覺得男子話中有蹊蹺。

「你的意思是……要我出資金，然後共享利益？」

「是的。妳可以在賺錢的同時，得到採買服裝的知識。對方則是藉由負責從採買到賣出的所有動作，來賺取更多利益。」

「這提議……」

這提議似乎還不錯。

男子願意提出這樣的提議，是不是就代表世上不是只有壞人存在呢？

芙洛兒這麼想著時，男子又開始翻起帳簿。翻閱了一會兒後，他說出一個名字：

「那位客人叫做密爾頓．波斯特。」

那是一個很像貴族的名字。

只要荷包裡有現金，芙洛兒就會忍不住買東西。

買了貝托菈想吃的乳酪，以及歐拉讚不絕口、冠上某村落之名的葡萄酒後，芙洛兒走在回家的路上。

雖然家計緊迫，沒有多餘的錢亂買東西，但貝托菈與歐拉兩人的內心還不至於緊迫到失去從容，連收到送給自己的禮物還挑眉質疑。

而且，芙洛兒也得到了新生意的線索。

「您是說服裝買賣啊？」

雖然芙洛兒只買了裝在手提得動的小桶子裡、秤重銷售的葡萄酒回來，歐拉卻似乎非常喜歡那葡萄酒，每次吸入香氣後，歐拉便閉上眼睛低聲呻吟，並且反覆好幾遍。

芙洛兒向歐拉說明了從商行男子那裡聽來的消息，但根本不知道歐拉有沒有聽進去。

「沒錯，我在想應該可以試試……歐拉。」

芙洛兒呼喚名字後，歐拉總算把視線移向她。

「抱歉。這芳醇香味實在令人非常懷念……對了，服裝買賣啊。您打算做這買賣？」

「有個男人會幫商行銷售商行採買來的衣服，聽說那男人這次想要自己負責從採買到銷售的動作。」

「原來如此……」

歐拉再次用他那漂亮的鷹勾鼻吸入葡萄酒香氣，然後憋住氣。

就是裝模作樣的貴族，也不會誇張到像歐拉這種程度。

看見歐拉如過往紈褲子弟般的表現，芙洛兒終於忍不住笑了出來，都忘了要生氣。

「那男人叫做密爾頓．波斯特。」

不過，芙洛兒說出這個名字的瞬間，歐拉就睜開爬滿深深皺紋的眼瞼，並從那縫隙發出銳利目光。

「波斯特家的人？」

「你聽過啊？」

「……哼。是，我當然聽過。」

歐拉一副彷彿在說「讓我再聞最後一次」似的模樣吸入葡萄酒香氣後，蓋上塞子把酒桶放在桌上。貝托菈總是在介於中午和黃昏之間的這個時間去市場買菜，所以家裡很安靜。

「波斯特家的領主原本是聞名於世的騎士，這位領主不僅非常勇猛，還是一位舉止優雅的人。他的風流佳事無從算起。不只這樣，他還是一位擁有慈悲心懷，非常愛護家人的人，甚至還有謠言說，至少有不下三十人繼承了波斯特這個名字。」

一個家有很多兄弟姊妹並不稀奇，領主擁有兩、三個側室也是理所當然的事情。

然而，人們只會在開玩笑時說「把同父異母的小孩全加在一起取名字的時候，就算參考聖經的名字也不夠」，事實上，有那麼多小孩是非常罕見的事情。

原來如此，也難怪波斯特家會這麼有名了。

「不過，領主當然不可能把領土分給所有小孩，您說的那位先生應該是已經離開波斯特家的其中一人吧。您剛剛說那位先生會代為銷售商行採買的服裝，是嗎？」

「嗯……啊，咦？」

芙洛兒不禁回答得含糊，還反問了回去。芙洛兒的目光被在窗框上的盆栽前方，不停咀嚼的山羊吸引。她心想不知道那山羊是從哪裡逃了出來，還是有人買來卻忘了綁住。

看著奇妙光景看得入神的芙洛兒急忙再回答了一次：

「對，對啊。」

「……不過，那位先生應該是賣給貴族吧。在過去，我們也做過這樣的生意。那時候我們雇用了無法謀生的貴族家次子或排行老三的兒子。至於為什麼要這麼做，那是因為如果推銷者是『某某鞋子店』或『某某鍛造店』，就算拿著華麗服裝去推銷，也只會吃閉門羹而已。而且，貴族們的流行會突然，也很容易改變。所以，就利用他們的名字和知識去推銷。」

「原來如此……」

「所以，您跟那位波斯特某某先生見面了？」

山羊最後似乎判斷出盆栽的葉子是不能吃的東西，叫了一聲後，便一副悠哉模樣不知走哪兒去了。

「沒有。我想說不要太著急，先跟你商量一下比較好。」

「這樣啊。大小姐，您也越來越開竅了。」
「過去我已經因為靠自己的判斷，有了兩次的慘痛經驗。」
歐拉笑了笑後，緩緩咳了一聲，跟著指向排列在桌上的貨幣。那些貨幣是芙洛兒用收回來的二十里格特亂買東西後剩下的錢。
「？」
芙洛兒做出傾頭動作時，聽見歐拉不小心發出的輕輕嘆息。
「不過，您還有很多東西要學，而且路上艱難危險。您收回來的這些貨幣——」
「貨幣？金額不對嗎？」
芙洛兒打算接著說「不可能不對」時，歐拉輕輕搖了搖頭說：
「邊緣被削得這麼薄的貨幣，就算拿到兌換商那裡去，對方也不會照行情換給我們吧。要先做好一個不好，可能會少掉一成價值的心理準備。」
芙洛兒慌張地看向桌上的貨幣後，發現那些貨幣當中，確實有幾枚貨幣的邊緣被削得非常薄，而且變得彎曲。
「不過，就算一口氣傾囊相授，您也記不了那麼多吧。一樣一樣慢慢學就好了。說起來……」
「……說起來怎樣？」
「如果您肯讓我像在教商行裡的小伙子那樣，用鞭打棒毆的方式來教您，那就會學得很快了。」

歐拉難得會這樣開玩笑。

看來歐拉似乎很喜歡芙洛兒買回來的葡萄酒禮物。

「我曾經在晚餐會上被人打過一次手，結果哭倒在床上整整一個禮拜。」

歐拉看似開心地笑笑後，一把抓起貨幣收進木箱，並蓋上蓋子。

「那麼，下次再找機會這麼做吧。」

「我也這麼希望。」

「好了，關於您提出的服裝買賣機會，您是怎樣的想法呢？」

歐拉突然轉換話題說道，芙洛兒不禁有些慌張失措。

芙洛兒來不及切換思緒，立刻說出腦中浮現的想法：

「我覺得應該還不錯。」

「這樣啊。」

歐拉冷漠地答道，並拿起羽毛筆在攤開在桌上、有了歷史的帳簿上，加上一筆數字。

歐拉寫下的數字是芙洛兒帶回來的貨幣枚數，這筆數字最右側寫上了那令人悲嘆的虧損。

「你認為不好嗎？」

「沒有。既然是大小姐自己這麼做出判斷，我想應該可以試試看。如商行的人所說，馬匹會死掉、生病或受傷，但衣服只要好好收起來，就能夠長年不變地保存下來。以前從我們下訂單請人裁縫服裝，直到最後像這樣在帳簿上填寫損益，至少花了三年時間的狀況並不罕見。服裝這商品不太容易造成嚴重虧損，很適合用來練習吧。」

「那……」

聽到芙洛兒這麼說，歐拉用力點點頭，然後這麼說：

「這是大小姐第三次全權負責的工作。」

說到住在宅邸時芙洛兒自己負責的工作，就只有穿上傭人準備好的衣服，還有吃飯而已。不管是家族的興盛衰落，或是選擇伴侶，芙洛兒完全無法干涉，她只是乖乖待在宅邸，照著周遭人們所說的去做而已。

芙洛兒到現在仍未習慣做生意的規矩，而且商人個個愛說謊，讓人無法捉摸。芙洛兒有時候還會覺得如果可以，真不想跟商人對話。

即便如此，對芙洛兒來說，能夠靠自己的雙手做些什麼，仍然是非常有魅力的事情。

芙洛兒輕輕做了一次深呼吸後，動作明確地點點頭。

「不過，必須確實遵守我的建言。沒問題吧？」

先把對方捧上天，讓對方開心不已，再叮嚀對方。

面對歐拉這般態度，芙洛兒如果露出不悅表情，那就不合格了。

芙洛兒確實活用所學地回答說：「那當然。」

「願神庇佑我們！」

歐拉一邊喃喃說道，一邊闔上帳簿，這時貝托菈彷彿看準了時間似的從市場回到家中。

前貴族。擁有貴族血緣的人。現任貴族。

雖然與貴族有關的人分了好幾種，但很意外地，擁有浮誇名字和姓氏的人處處可見。

這些人多數都忘不了過去往事，或者是靠貴族之名吃飯。

當然了，如果是像芙洛兒這樣整個就快沒落的家被暴發戶商人買走，最後還落得徹底沒落下場的人，貴族之名只會是沉重負擔。

所以，芙洛兒用頭巾遮住臉，也鮮少報出名字。

因為都是歐拉靠著過去的門路找來生意，所以芙洛兒時而還是會暴露了身分，但大部分的人都會表示同情地假裝不知情。

不過，這次是芙洛兒自己找到工作機會的商行介紹密爾頓給她，所以密爾頓應該不知道芙洛兒的前貴族身分。

沒想到——

「我是不是在哪兒的晚餐會上見過妳呢？」

經過商行的介紹，芙洛兒與密爾頓．波斯特見了面，對方在握手後立刻這麼說。

密爾頓是個一頭金髮梳得非常整齊的年輕男子，其身上穿的衣服並不是那麼高級。

不過，看得出來密爾頓的衣服保養得很好，要不是他為了握手而向前踏出兩步，就算告訴人家他是良家子弟，相信也不會有人懷疑。

反過來看，芙洛兒的手已逐漸變成，不再是只戴過柔軟手套的美麗白皙雙手。與貝托菈的手比起來，芙洛兒的手確實就像只摘過花朵的少女的手一樣，但不可能因為這樣就暴露了身分。

芙洛兒內心感到動搖而說不出話來時，密爾頓補充一句說：

「我果然沒記錯，就在米蘭卿的晚餐會上。」

「啊。」

芙洛兒之所以不小心叫出了聲音，是因為她只出席過極少數晚餐會，而米蘭是主辦當中一場晚餐會的貴族名字。

「我曾經向妳打過一次招呼，妳似乎已經不記得了。」

適婚年齡的女孩去到晚餐會時，與人握手的次數會比觸摸麵包的次數還要多。

雖然握手只是輕輕觸碰對方的手，但因為必須反覆幾十次這樣的動作，所以回到家時，手已經變得又紅又腫。

「不過，妳當然不會記得我了。因為大家的眼光都集中在妳身上。」

那時波倫家上一代主人仍健在，波倫家也還沒面臨太大的危機。

重點就是，以結婚對象來說，當時的芙洛兒是非常適合的存在。

「我記得妳的名字是……」

「芙洛兒．波倫。」

芙洛兒許久不曾道出這個名字，心頭不禁湧上一股懷念，同時也感到難為情。

不過，比起說出名字的舉動，說出名字的地點是在面向港口的酒吧的事實，才是讓芙洛兒感到難為情的原因。

「啊！」

「沒錯，就是被那個以壞心眼出名的杜恩家夫人打了手的波倫家女兒。」

這次芙洛兒清楚地發出驚訝的聲音，但這裡並非高級的用餐場所。

芙洛兒的驚訝聲立刻被喧鬧聲吞沒，只剩下密爾頓的笑臉。

「在那之後，很多實習騎士想要追著妳跑去呢。妳不知道這事情吧？」

或許是想遮掩忍不住想笑的嘴巴，密爾頓抓起炒豆子往嘴裡送。

然而，密爾頓這般貼心表現反而讓芙洛兒更加難為情，即使臉上已經纏著頭巾，芙洛兒還是忍不住想要找個地方遮住臉。

「不過，說到那之後的事情……令人深感同情。但也有人抱著批評態度就是了。」

芙洛兒當然知道密爾頓不是在說她整整哭了一個星期的事情。

芙洛兒在頭巾底下深呼吸一次，讓自己鎮靜下來後，點了點頭。

「畢竟我們都不能靠自己決定自己的未來。只有坐在少數幸運椅子上的人，才能夠發表各種意見。」

密爾頓拿著倒滿葡萄酒的酒杯，以貴族來說，他的手稍嫌粗糙了些。話雖這麼說，但也不像每天參加長槍比賽的騎士般鍛鍊得雙手骨頭凸出，密爾頓的手就像活潑調皮的外甥的手一樣。

「我是整個家都沒了。」

聽到芙洛兒的話語後，原本拿起酒杯喝酒的密爾頓反問說：「咦？」

「我是整個家從椅子上摔下來。儘管如此，似乎還是能夠找到棲身之處。只是我沒料到這個棲身之處會是做生意之地。」

密爾頓點了點頭後，先一副感到刺眼的模樣眺望著港口，才開口說：

「我是二房生的三男，所以離開家的時候，沒有分到面積小得可憐的土地，而只得到波斯特這個名字和少量金幣。我沒有能夠每天參加長槍比賽、總有一天能夠射中哪個名門之女的馬匹和裝備，也沒有能夠讓人家願意聘用的吟詩才華。不過，我早料到事情會這樣，所以也沒有特別慌張就是了。」

「所以，你就做起了生意？」

有些人就算家族沒有破產，也會被趕出那應該屬於自己的家。

密爾頓再次把豆子送進嘴裡，但這次或許是為了遮掩苦笑。

「幸好只要拿出波斯特這個名字，大部分的人都願意打開大門歡迎我。而且，我以前就很喜歡佳餚美酒，還有跟人天南地北亂扯一通，所以也會到處去人家家裡用餐。當我在鎮上閒晃著的時候，恰巧聽到有地方需要像我這樣的人。的確，似乎到處都找得到棲身之處。」

花錢買到芙洛兒丈夫地位的男子死了後，因為波倫家徹底地沒落而必須離開宅邸時，芙洛兒並沒有情緒失控，還因此得到家中傭人的誇獎。

然而，芙洛兒沒有情緒失控並不是因為她特別地堅強。

因為芙洛兒一直是順著水流而行，所以當時她也只是讓自己隨波逐流而已。

在眼前的密爾頓身上，芙洛兒也感受得到這般近似死心的堅強。

「聽說你生意做得不錯。」

「哈哈！被人當面這麼說，還真有些難為情。不過，我對自己的生意還滿有自信的。」

芙洛兒見過很多人仗著家族的權威行事，或是把拍馬屁者的功勞形容成像自己的功勞一樣。

眼前的密爾頓確實已經離開家裡，變成到處銷售商行商品的商人，但在他身上還是看得到一種實實在在的穩定感。

如果能夠像天使一樣一直待在天堂裡就算了，要是已經被折斷羽翼落入了凡間，就不能老是過著隔世離俗的生活。

看見站穩腳跟的密爾頓，讓芙洛兒感到羡慕。

所以，芙洛兒幾乎在無意識之下，說出這句話：

「你的生意秘訣是？」

歐拉曾經說過，尤其在做生意上，如果有人滔滔不絕地說生意秘訣，那個人就不是商人。說出口後，芙洛兒才想起歐拉這段話，不禁有些後悔自己可能提出了愚蠢的問題。

密爾頓微微垂下眼簾，嘴角的笑容看起來像是裝出來的笑容。

不過，就在芙洛兒試圖挽救其發言的瞬間，密爾頓抬高視線這麼說：

「就是放開一切豁出去。」

芙洛兒一時之間無法理解密爾頓的意思，反過來注視著密爾頓的美麗藍眼珠。

「秘訣是放開一切豁出去。世上當然有很多跟我做同樣生意的人，但大部分的人都是賣了幾套衣服給親近的友人之後，就賣不了更多衣服了。這是因為這些人內心某處還抱著一種想法，他們會覺得自己跟買衣服的人屬於同一個世界。這些人一開始之所以能夠賣出幾套衣服，是因為買衣服的人發現他們這樣的想法，所以表示同情地買下衣服。不過，我不會這麼做。我會告訴自己波斯特這個名字只是讓客人打開大門，一個抓住生意機會的開頭而已。只要這麼做，就算被對方藐視或嘲笑，只要拚命地誇獎對方，再強調衣服的優點，就能夠成功賣出去。不過，我本來就不是拿什麼劣質服裝去賣，所以當然賣得出去。說到我的銷售能力……」

密爾頓突然停下如怒濤般傾出的話語，露出可掬笑容。

「商行的人甚至會把我視為貴重寶物。」

說完話後，密爾頓喝下葡萄酒，並追加再點了一杯。

在這之間，芙洛兒一句話也沒說，但並非被如怒濤般的話語所壓倒。芙洛兒是因為看見密爾頓那徹底覺悟的固執態度而滿懷感觸，所以無法順利說出話來。

「哈哈！好像太裝模作樣了一些。」

「不、不會……」

「只是。」

說著，密爾頓把銅幣遞給端來酒杯的店老闆，然後接續說：

「我所做的一切，都有目的。」

聽到密爾頓這麼說，芙洛兒忍不住瞥了密爾頓身後的城鎮女孩一眼。

然而，密爾頓說出的內容與芙洛兒的猜測完全不同。

「因為啊，我想讓家裡的人對我刮目相看。」

密爾頓吃豆子的動作是為了掩飾笑意。

芙洛兒看著他這般動作看得入神。

「不過，我不是想告訴家人我不會讓波斯特家族的名字蒙羞就是了。怎麼說呢，我是想讓他們知道就算被趕出了家門，我還是能夠像這樣成長又變得堅強。為了能夠抬頭挺胸面對他們，要我跪在地上跟人低頭多少次都可以。當然了，前提是以一個商人的身分。」

不動搖的決心。

芙洛兒差點想要移動放在粗陋木桌上的手。

如果這裡不是熱鬧港口的酒吧，粗陋木桌如果是蓋上白布的高級餐桌，或許芙洛兒已經用自己的手輕輕按住密爾頓的手。

芙洛兒之所以改變了念頭，是因為這裡並非貴族的社交場合。

眼前這個人為了達到目的，決心勇往直進，而芙洛兒自身也決心當個商人。

如果是這樣，此刻應該做的不是用自己的手按住對方的手，而是應該這麼說：

「對了，聽說……」

「是的。」

芙洛兒有種話語卡在喉嚨的感覺，她壓低下巴使出力氣說：

「你在尋找出資者？」

身為商人，當然要配合立場變換應對方式。

芙洛兒把對方視為商人，並符合商人作風地挑選了這句話。

她彷彿看見密爾頓臉上浮現淡淡笑意，也知道肯定不是自己多心，才會以為密爾頓在笑。

「是啊。」

芙洛兒用力吸了口氣說：

「金額多少呢？」

密爾頓回答了現在的芙洛兒也投資得了的金額。

放了大量麵包的熱湯裡，還加了豆子、洋蔥以及昨晚吃剩的肉。如果用深盤子盛這道料理並吃下兩盤，就算兩天不吃任何東西，也不會覺得肚子餓。可見這是一道多麼夠份量的料理。已經如此夠份量就算了，表面竟然還有一層烤過的乳酪。

不愧是以前因為人手不足，也被迫到廚房幫過忙。貝托菈烹煮出來的這道料理，就是在寬敞宅邸裡端出來也毫不奇怪。

而且，因為波倫家經常面臨財政窘迫的狀況，所以貝托菈也非常擅長於用便宜食材烹煮料理。

就算是身經百戰的商人歐拉，聽到料理使用的材料費也驚訝不已，可見貝托菈的廚藝相當。

用餐時，沒有人敵得過手拿勺子的貝托菈。

「這麵包是人家把鎮上檢查官檢查不合格的東西便宜賣給了我。雖然麵包本來就已經過期又硬邦邦，根本沒辦法直接吃進肚子，但放進熱湯裡後，就變成像眼前看的這樣。洋蔥是我拿庭院長得太老的香草，去跟隔壁第三棟鄰居的太太交換回來的。雞肉是殺了不小心跑進中庭來的雞隻。」

小時候因為家裡的人嚴格命令絕對不准在宅邸後院設陷阱，所以芙洛兒一直不知情，當她知道那陷阱是為了捕捉晚餐材料而設下時，不禁感到訝異不已。

當然了，在宅邸時是由年老園丁負責設陷阱，但貝托菈似乎也有樣學樣地在中庭設陷阱，所以芙洛兒和歐拉也都十分了解那不是純粹不小心跑進來的雞隻。

不過，比起在森林或草原，在鎮上還比較容易見到豬、羊、山羊或兔子等可食動物四處走動，就算偷抓了一、兩隻雞，相信也不會有人抱怨。

貝托菈一聊起她的功績，歐拉就會頻頻表示佩服，這是每次用餐時都會有的互動。

不過，這次有些不同的是，芙洛兒用完餐後，並沒有誇獎料理好吃。

「大小姐？」

聽到有人搭腔，芙洛兒差點掉了手上的湯匙。

因為宅邸裡使用的銀製餐具老早就被賣掉，所以現在使用的是錫製便宜餐具。

雖然貝托菈曾說過有時候會莫名地想要磨一磨銀製餐具，但芙洛兒倒是覺得錫製餐具使用起來比較輕鬆。

「嗯?喔。很好吃。」

聽到芙洛兒急忙這麼說，歐拉與貝托菈都露出懷疑表情注視著芙洛兒。

「非、非常好吃。」

聽到芙洛兒這麼補上一句，兩人互看著彼此。

芙洛兒撕下一小塊麵包，然後就這麼吃下。

雖然麵包很硬，但至少咀嚼時可以暫時不用說話。

「波斯特家的少爺怎麼說?」

芙洛兒清楚聽見心臟噗通跳了一下的聲音。

那聲音明明清楚得連對方都聽得見，芙洛兒卻別開視線，而且還沒有吞下嘴裡咀嚼的麵包，就又撕下一小塊麵包往嘴裡塞。

「咦?又要開始什麼新生意嗎?」

對於家裡面的事情，貝托菈明明有著令人難以置信的敏銳力，有些地方卻顯得遲鈍。

雖然芙洛兒忍不住有些懷疑貝托菈其實知情卻刻意這麼詢問，還是喝下啤酒沒理會貝托菈。

「做生意原則。」

這時，歐拉彷彿算準了芙洛兒何時會從椅子上站起來似的說道。

「不要熱衷於某個交易對象。」

這次芙洛兒沒有聽見心臟噗通跳的聲音。

取而代之地，她露出冰冷目光看向歐拉。

不過，歐拉不會因此而退縮。

「想讓生意做得順利，必須跟多數對象交易。因為做生意經常可能發生根本無法預料的困難。說什麼也要避免因為無法提供某對象的貨，就會當場破產的狀況。」

芙洛兒與歐拉一直沉默不語地互瞪著彼此。

然而，歐拉能夠一直不讓情緒表現在臉部、眼睛或嘴巴任何地方，芙洛兒當然不可能贏得過這樣的對手。

芙洛兒先別開視線，然後拿起深盤子遞向貝托菈說：「再一碗。」

「熱衷於賺錢也是很危險的行為。因為人們一旦夢想賺大錢，就很容易為了賺大錢而願意冒各種險。所謂生意，應該是要永續經營的東西。所以，必須隨時避開危險。」

雖然歐拉嘴上這麼訓誡，但芙洛兒清楚知道他的話語完全沒有力道。

因為從方才的話語，歐拉已經得知芙洛兒態度顯得奇怪的原因。

「對方很誠實。」

「商人隨時都會戴上假面具。」

「對方感覺很誠實。」

歐拉點點頭催促芙洛兒繼續說下去。

「利潤很穩定。由我出錢，對方挑選適當的衣服，然後賣出去。大概有三到四成的利潤由兩人平分。」

「衣服呢？來源是哪裡？透過什麼人？」

「聽說來源是對岸有名的城鎮。對方還說會利用商行來進貨，所以不用擔心。」

芙洛兒用湯匙前端把魚肉塊切成兩塊後，將小的那塊送進嘴裡。

魚肉已仔細去除了骨頭，很容易進食。

「銷售對象呢？」

「對方說是之前一直有往來的顧客，所以不用擔心。」

老練商人的問話到這裡先告一個段落。

芙洛兒像在觀察家庭老師臉色的少女一樣，抬高視線偷看歐拉。

歐拉用手摸住額頭，並從額頭往頭頂滑過，然後輕輕嘆了口氣。

這是歐拉想事情時的習慣動作。

芙洛兒回想起與密爾頓的對話。從進貨計畫到銷售計畫，密爾頓提出的內容給人十分縝密的印象。

而且，現在要做的，不過是把過去一路做得很順利的生意，就這麼持續做下去而已。

不同之處只有採買服裝的出資者，從商行換成了芙洛兒。

而且，如果密爾頓只是照著商行的指示銷售服裝，商行會拿走太多的利益。

如果與芙洛兒聯手合作，雖然密爾頓必須提供服裝知識以及顧客情報，但相對地能夠分到更多的利益。

密爾頓已經清楚說明了其目的與企圖，所以芙洛兒認為應該不會有問題。

「是這樣嗎？」

「有什麼問題？」

芙洛兒忍不住加強語氣反問道。

「如果您要問我有什麼問題……」

「有就快說。」

說罷，芙洛兒不禁覺得自己表現得太盛氣凌人，而別開視線說：

「抱歉。如果有問題，可不可以告訴我？」

歐拉嘆了口氣，並先用手指擦去沾在鬍鬚上的啤酒泡沫，才開口說：

「那位先生真的能夠信任嗎？」

芙洛兒聽了後沒有發脾氣，但這並非因為她的心胸夠寬敞。因為她知道既然歐拉會這麼說，一定是有什麼在意的地方。

歐拉說過，能夠從一個小情報發現出乎人意料的事實，才是一流商人的表現。

「……有可疑之處嗎？」

「是沒有到可疑的地步，但有奇怪之處。」

「哪裡奇怪？」

聽到芙洛兒的詢問後，歐拉低頭注視著手邊，不久後他只張開一隻眼睛看向芙洛兒。

每次猶豫著該不該把想法告訴芙洛兒時，歐拉都會露出這樣的表情。

歐拉直直注視著芙洛兒，彷彿玻璃珠般的灰色眼珠深處不知在思考著什麼。

最後歐拉嘆了口氣，這舉動表示他已在心中做出結論。

「大小姐，請您聽仔細。」

「怎樣？」

「所謂生意，就像這個深盤子一樣。」

歐拉指向差不多還剩了一半貝托菈特製湯品的深盤子。

「深盤子裡的內容物是做生意賺的利益。如果是像貝托菈這樣功夫高超的人，就算跟人家做一樣的生意，也會在盤子裡裝進好的內容物。但是，如同不管多拚命地在盤子裡裝東西，裝了太多還是會溢出來的道理一樣，任何生意的利益都有其限度。這就表示……」

貝托菈在說著話的歐拉對面，開始撕起麵包來吃。

如果不是與家裡有關的事情，很難引起貝托菈的興趣。

「基本上，與這個生意有關的人們之間一定會做利益分配。」

「這我知道。密爾頓說過他就是因為不想被商行拿走太多利益，才會找像我這樣的出資者。」

歐拉點了點頭，但立刻這麼說：

「這麼一來，平常與波斯特家的少爺有往來的商行，就會少掉很多利益。您認為商行會甘心接受這樣的事實旁觀嗎？不管是哪家商行，都是既狡猾又陰險。」

「咦？」

芙洛兒反問後，立刻發出「喔」的一聲並展露笑臉。

「這點不用擔心。事情剛好跟你說的相反。」

這次換成是歐拉反問說：

「相反？」

「沒錯。介紹密爾頓給我認識的瓊斯商行，是為了增加自家利益才這麼做。理由是，密爾頓目前是在銷售從其他商行採買來的服裝，而介紹我密爾頓的瓊斯商行想要得到密爾頓的銷售技術。密爾頓告訴瓊斯商行他願意跳槽，但有一個條件，就是幫他尋找出資者。」

歐拉緩緩閉上眼簾，藏起他從不曾表現出動搖情緒的眼睛。

幾秒鐘後，歐拉睜開了眼睛，但視線不再停留在芙洛兒身上。

「也就是說，採買服裝的對象會變成瓊斯商行，對吧？」

「沒錯。因為密爾頓會向瓊斯商行採買服裝，所以商行的服裝業績會成長。而且，商行還能夠跟密爾頓配合往來，對商行來說沒有半點壞處。當然了……」

芙洛兒之所以會說到一半就停頓下來，是因為對自己面對歐拉能夠如此滔滔不絕地說話感到驕傲。

看見芙洛兒像在演戲一樣的停頓方式，歐拉稍微笑了一下。

「對我來說、對密爾頓來說，也都只有好處。」

芙洛兒覺得這會是完美的合作。

瓊斯商行的企圖在於，讓密爾頓捨棄過去隨意利用他，一路榨取暴利的商行，把利益分給密爾頓，相對地也確保自家利益。而芙洛兒的加入，就是負擔出資的風險，但相對地收取報酬。

而且，除了賺取利潤之外，芙洛兒還能夠得到有關服裝的知識。密爾頓也能夠因此累積利潤，最後肯定能夠擁有自己的商店。

這是不會有人虧損的最佳組合。

「嗯……」

然而，歐拉沒有給予認同芙洛兒想法的回答。

歐拉變得光禿的額頭上方緩緩堆起皺紋，眼睛直盯著湯盤不動。

芙洛兒靜靜等待歐拉回答等了好一會兒，但她知道歐拉一旦閉上眼睛，就必須等上很長一段時間。

因為受不了沉默氣氛，芙洛兒一副提心吊膽的模樣喝起手邊的湯。雖然湯已經冷了，但相對地更容易品嚐出味道。芙洛兒對著貝托菈再次說了句：「很好吃。」原本默默繼續用著餐的貝托菈臉上總算露出笑容。

當芙洛兒拜託貝托菈準備熱開水，讓她去除口中味道時，歐拉突然開口說：

「不過，既然大小姐做出了這樣的判斷，應該沒問題吧。」

芙洛兒完全掌握不到歐拉在思考什麼，就又聽到歐拉反覆說：「既然做出了這樣的判斷，應該沒問題吧。」

聽到歐拉這般發言，芙洛兒當然沒有過度自信到能夠當場斷言說「那我就這麼去做了」。

芙洛兒放下湯匙，然後抬高視線詢問說：

「如果你覺得有什麼不妥，希望你能告訴我……」

「不。我想到的事情不是說出來，就能夠有什麼改變，而且也可能只是我顧慮太多。畢竟我已經這麼一大把年紀了，很容易想到過去曾經發生過某某事件又某某事件，而擔心這個又擔心那個。加上……」

歐拉喝下一口湯，然後一副彷彿在說「人間極品」似的模樣，微微傾著頭看向貝托菈。現在仍會使用蛋白塗抹變得稀疏的頭髮、表現如紈褲子弟般的歐拉所做出的動作，足以勾起貝托菈的笑容。

「大小姐以您自己的方式確實在成長。儘管顯得膽戰心驚，您還是努力地想要前進，如果每件事情我都要一一教您，您難得有的動力也會消去。」

雖然歐拉的話語像在誇獎人又不太像，但歐拉的意思是要芙洛兒獨自努力地前進，這對芙洛兒而言，可說是非常顯著的進步。

因為在不久前，歐拉還覺得隨便找個小伙子，都比芙洛兒值得信賴。

「而且，商人就是要從失敗中學習，才能夠獨當一面。」

芙洛兒一邊笑，一邊這麼說：

「原來前提是可能失敗啊。」

「我可沒這麼說。」

歐拉一邊說道，一邊輕輕笑了。

然後，歐拉緩緩伸出手拿起酒杯，才發現早已喝光杯裡的啤酒。在那同時，貝托菈站起身子為歐拉倒啤酒。

「雖然我是個文盲又沒學問，聽不懂艱難的話題，但我這種下人的工作就是提供完美的服務。」

貝托菈露出正經的表情說道。

在可靠家人的包圍下，讓芙洛兒感到無比安心。

隔天，芙洛兒一大早就醒了過來。

雖說是一大早，但芙洛兒知道貴族所認知的早晨，與平民所指的早晨有著差距。以身邊的例子來說，芙洛兒一大早被貝托菈叫醒時，貝托菈已經老早就梳妝打扮好，還做完了所有家事。

歐拉所認知的早晨就更不用說了。不過，就只有今天這個時間，芙洛兒敢大聲說自己起了一大早。

芙洛兒走下床，然後用貝托菈趁著做家事空檔製作的手製梳子輕輕梳著頭髮。狠下心剪短到肩膀長度的頭髮完全不會打結，讓她瞬間就梳理完畢。芙洛兒剪去貴族特有長髮的隔天早上，因為梳妝打扮的時間大幅縮短，還忍不住吹起口哨。

在多數住家必須共用一座小水井的城鎮，如果芙洛兒繼續留長頭髮，根本沒辦法好好洗頭。再加上現在每天的生活有太多事情要做，梳理頭髮的時間比洗頭的時間更短。

而且，為了做生意，被人發現是女性並非上策。

因為這樣的緣故，芙洛兒一刀剪斷了長髮。

不過，剪去長髮時芙洛兒表現得很冷靜，反倒是周遭的人失去冷靜的表現，讓她感到很不可思議。

那時歐拉面帶苦澀表情告訴芙洛兒要她剪短頭髮，貝托菈則是拚命地想阻止。

芙洛兒當時解開長髮，身上裹著如外套般的大塊布料等待著剪髮，結果看見兩人的爭論不可能做出了斷，便自己剪斷了長髮。

芙洛兒到現在還記得貝托菈當時發出的慘叫聲，而歐拉眼睛睜得像豆子一樣圓的模樣，不管是過去還是未來，恐怕都無法再見到。

看著磨得光亮的銅板映出自己的髮型，芙洛兒並不覺得討厭。

芙洛兒也是在剪短頭髮後，才第一次對著自己微笑。

銅板映出的芙洛兒，不再是只會乖乖待在某處的貴族大人。

而是接下來準備靠自己的力量活下去、名為芙洛兒・波倫的商人。

「好！」

因為早晨使用水井必須排隊，所以芙洛兒昨晚就事先取來了水。她用水洗臉漱口，再把剩下的水潑到中庭的草木上後，發出聲音讓自己提起幹勁。

過沒多久後，傳來有人爬上階梯的聲音。芙洛兒心想，應該是貝托菈發現潑水的聲音，所以從樓下走上來。

「大小姐？」

輕輕敲門聲響起後，傳來貝托菈感到懷疑的聲音。

也難怪貝托菈會有這樣的反應。

因為平常貝托菈就是搖晃芙洛兒的肩膀，也很難叫醒芙洛兒。

芙洛兒打開房門後，展露笑臉說：

「早。」

「早、早安……」

「歐拉呢？」

「咦？喔……是的，歐拉先生去市場那邊做每天例行的散步……」

難得起了個大早，專門監視人的歐拉又不在家。

在這樣的狀況下，芙洛兒當然要說：

「那，幫我準備早餐。我要麵包加一片乳酪，還要一點點葡萄酒。」

早餐是貴族或有錢人的特權，是奢侈的象徵。

說到被趕出宅邸後，什麼事情讓芙洛兒感到痛苦，那就是立刻被禁止吃早餐。

貝托菈一副彷彿想說「哎呀」似的模樣睜大眼睛，但低著頭思考了一會兒後，緩緩環視四周一遍，最後露出微笑輕輕點了點頭說：

「請您吃快一點喔。」

想必貝托菈是在獎賞芙洛兒乖乖早起的表現。

芙洛兒用臉頰碰觸貝托菈的臉頰以取代道謝後，貝托菈發出咯咯笑聲，並轉身而去。

窗外傳來了雞叫聲，真是好一個清新早晨。

背著歐拉迅速吃完早餐後，芙洛兒披上外套並仔細包上頭巾，做好出門準備。

「哎呀，您這麼早要出門嗎？」

貝托菈一邊用圍裙擦手，一邊露出驚訝表情問道。

「我去一下港口那邊，妳再幫我跟歐拉說一聲。」

「我知道了……」

貝托菈回答得有些口齒不清，而且吞吞吐吐。

芙洛兒做出傾頭動作沉默地反問後，貝托菈急忙編織話語說：

「我是在驚訝不知不覺中，大小姐這身打扮也越來越合適了。」

聽到貝托菈率直的感想，芙洛兒當然不可能不開心。
她輕輕掀起外套，裝模作樣地說了句：「我出門了。」
貝托菈一副受不了芙洛兒的模樣笑笑，這反應非常符合她一貫的作風。
「請慢走。」
走出家門後，宜人的清晨空氣隨即迎面而來。
寒冷又乾燥的冬季結束後，氣候一天比一天溫暖，空氣中逐漸散發出如森林般的香氣。不知道是不是多心，在炫目朝陽照射下，建築物及樹木的影子似乎變深了。
春天到來，經過百花齊放的季節後，緊接著而來的是鮮豔奪目的綠色季節。
芙洛兒避開牽著好幾頭山羊的商人，腳步輕快地向前走去。
她準備前往港口的卸貨場，目的是為了與人見面。
這個港口是複數街道的終點，也是貿易據點，每天會有大量船隻駛進港口。然後，貨物會隨著船隻而來，這也代表著必須從船上盡快搬出貨物。搬運時必須迅速且大量，能搬運多少次就盡可能搬多少次。
這些人大多在天亮前、在教會裡的聖職者們放輕力道敲響早課鐘聲時，就已經來到這個港口工作。在城鎮，對於市場或工匠之店的營業時間有著嚴格規定，但只有港口例外。因為萬一有船身破了個大洞、眼見就快沉入海底的船隻駛進港口，總不能以必須照規定為由，趕走那艘船隻。

不過，這只是從事貿易者的說法，而這樣的說法八成一半是出自真心，一半是藉口。

因為就算搬運貨物到市場的騾馬已經累得就快倒地，市場也絕對不會開門。

「好了！貨全部裝上去了！願神庇佑！」

卸貨工人赤裸著上半身大聲喊道，工人的聲音和拍打馬車貨台的聲音同時發出回聲。

然而，港口熱鬧得連這般聲音也快被喧嘩聲吞噬。

太陽升起後，不管是年紀多大的商人，也能夠搬運貨物。

從港口出發的人數似乎此刻最多。

載滿了貨物的馬車、馬匹和人，接二連三地從各家商行的卸貨場出發而去。

各式各樣的人動作敏捷地在這之間穿梭，這些人有的是負責當船隻與商行之聯繫橋樑的小伙子，有的是慌忙檢查著有沒有漏裝貨物的商行職員，有的是看見塞了滿滿鹽漬鯡魚的桶子灑出鹽巴，而忙著撿的乞丐。

混雜的人群與話語塞滿了港口。

裝貨時明明恨不得早一刻逃離，一旦駕著馬車離開城鎮後，卻又會突然想念起這喧囂環境。

芙洛兒花了很長一段時間才適應港口的喧囂。

雖然不及歐拉，但現在芙洛兒已經能夠保持鎮靜地在這份喧囂中遊走。

「這樣就全裝上去了嗎!?咦?二十件!?放心！應該已經裝上去了！」

芙洛兒很快就找到在粗腿馬匹背部綁上貨物，並越過馬匹大聲說話的青年。

港口到處都是赤裸上半身，或捲起袖子露出會讓人錯看成是腿部的粗手臂的人。在這般人群之中，青年的裝扮果然有些顯眼。倘若有個詩人站在戰場上，應該就會是這般畫面吧。

「那，我先出發喔！對啊，就在老地方的山丘上會合！那麼，願神庇佑大家！」

就算沒有這麼大聲喊叫，相信對方也聽得見，但青年因為受到氣氛感染，而使出全力大聲吆喝。

芙洛兒一邊感到有趣地看著眼前光景，一邊走近手握馬兒韁繩的青年。

檢查完最後一批貨物，準備牽著馬兒走出去的瞬間，青年發現了芙洛兒。

「啊。」

「早。」

芙洛兒原本猶豫著要不要說「早安」，脫口而出的卻是這般輕率的招呼語。

密爾頓先看了貨物一眼，然後再次看向芙洛兒，並展露笑臉打招呼說：

「早安。」

「幸好趕上了時間。」

「哈哈，我沒料到妳真的今天就來找我。」

氣溫仍偏低的清晨空氣中，密爾頓咧嘴一笑後，一絲白色氣息隨之從其嘴邊湧上。

然後，密爾頓看向馬背另一端，跟著用力揮揮手，並牽起馬兒前進。

「方便邊走邊聊嗎？」

「當然。」

芙洛兒與密爾頓並肩踏出步伐。

貴族也分為好幾種，像是住在城鎮的貴族、住在森林的貴族，也有貴族住在山丘上能夠眺望遠處的地方，有時甚至還有貴族在建蓋於空無一物平原上的修道院裡，租一間房間住。

密爾頓說過今天準備前往支配鄰近森林及河川的名門做生意。

如果是芙洛兒，前一天晚上可能會緊張得根本無法入睡，而這位年輕小貴族的表情卻是顯得精神奕奕。

在完全遠離人群之前，密爾頓沒有精神散漫地打過一次哈欠。

芙洛兒在纏住臉部的頭巾底下，沒被察覺地做了幾次深呼吸。

她也是個商人，所以必須表現出鎮靜模樣。

「關於昨天你說的話。」

當港口延伸出來的大馬路兩側，從櫛比鱗次的商行或洋行，變成旅館和酒吧時，芙洛兒才開口這麼說。

她沒有接著說下去，並非因為撞到了什麼人。

而是因為她看見牽著馬兒的密爾頓輕輕笑了出來。

「……有、有什麼好笑？」

要不是芙洛兒臉上纏著頭巾，密爾頓可能會看見她更蠢的模樣。

或者是說，要是密爾頓更壞心眼一些，也可能看見芙洛兒更蠢的模樣。

「啊，對不起。」

密爾頓按住嘴巴這麼說。

芙洛兒很想生氣卻生不了氣，因為她看見密爾頓說話的表情顯得非常地愉快。

那笑臉給人很親切的感覺。

在早晨的清爽空氣中，芙洛兒根本沒辦法對著這般笑臉生氣。

「因為我覺得有點不可思議。」

「不可思議？」

芙洛兒感到懷疑地反問後，密爾頓露出顯得非常過意不去的笑臉。

看見那笑臉，芙洛兒驀地別開視線。不過，這並非因為生氣。

密爾頓是生意對象。

芙洛兒別開視線是為了這麼提醒自己。

「是啊，妳不覺得嗎？如果在一、兩年前，或是更早以前，妳要是站在我身邊跟我說『關於昨天你說的話』……我肯定已經心頭小鹿亂撞了。」

噠、噠，馬蹄聲不斷響起。

芙洛兒閉上眼睛，聽著這讓人想要一直聽下去的單調馬蹄聲，好讓心情平靜下來。

密爾頓說過，歲月很容易讓我們改變。

他說的確實沒錯。

「不過，就算是現在，我內心也不是那麼平穩就是了。」

說罷，密爾頓笑了笑。

總算察覺到自己被捉弄了時，儘管用頭巾遮住芙洛兒臉上的笑容，也已經遮掩不了。

「抱歉，開個小玩笑。對了，關於我提議的賺錢生意，妳考慮得怎樣呢？」

兩人從城鎮中心位置來到郊區後，四周開始出現身穿旅行裝扮，或看似從鄰近村落來到城鎮的人。

道路兩旁有成排的工匠工坊，學徒們勤快地做起準備工作。麵包店已經好不熱鬧地開始工作著，剛出爐麵包的誘人香味瀰漫在四周。

「我接受。」

芙洛兒簡短地說道。

她刻意抓住兩人目光都被麵包店吸引的時機說出口。

芙洛兒從麵包店拉回視線，看向身旁的密爾頓。

密爾頓瞪大著彷彿麵包師傅細心揉過似的圓滾滾眼睛，凝視著芙洛兒。

「真的嗎？」

「我不會說謊。」

攻守立場大逆轉。

芙洛兒覺得自己已是能夠獨當一面的商人，在頭巾底下緩緩大口吸氣。

不過，看見密爾頓臉上的表情從驚訝化為滿心歡喜的笑容，芙洛兒不禁覺得自己這般想法顯得渺小又卑微。

因為在現在這個瞬間，芙洛兒明白了什麼叫做「發亮的眼神」。

「謝謝……妳。」

密爾頓回答得緩慢，中途還做了一次深呼吸。

「呃……嗯。」

頭巾底下發出含糊的聲音，那聲音就連芙洛兒自己聽了，都覺得蠢。

她咳了一聲，並想起歐拉的話語。

不要熱衷於某個交易對象。

歐拉的忠告無論在任何時候都是正確的。

「我昨晚考慮後，決定接受你的提議。」

「這樣啊……不，真的很謝謝妳。」

「……」

看見密爾頓露出如少年般的直率笑臉，芙洛兒費了好大功夫掩飾心中的動搖。

她裝出冷靜模樣，並趁著看向前方的時間讓心情平靜下來。

「不過，從採買服裝到銷售，真的不會有問題吧？」

「是的。因為介紹妳我認識的那家商行很想跟我合作，這是非常肯定的事實。」

芙洛兒一邊回想歐拉的嚴肅表情，一邊編織話語說：

「對方能夠相信嗎？有沒有可能他們只是為了阻礙現在跟你合作的這家商行？」

「嗯，當然也不是沒有這樣的可能性。不過，也可以換個角度來思考。像衣服這麼輕的商品，想要在船上裝多大量的貨都行。而且，裝的貨越多，運輸費用就越便宜。不過，衣服採買回來後，如果沒有賣出去，當然不成生意。反過來說，如果已經有銷售對象，採買得越多，利潤比率就越高，然後因為銷售數量多，所以利益就變得更大。瓊斯商行想盡辦法想要成為這個港口的第一大商行。妳沒有遭到他們狠狠地殺價嗎？」

密爾頓臉上之所以浮現苦笑，想必是因為自己為了說服芙洛兒，竟然說了瓊斯商行的壞話。

然而，芙洛兒竟然也覺得能夠接受這樣的說明。

瓊斯商行確實給人一種只要是為了自家利益，什麼都肯做的感覺。

密爾頓接續說：

「我能了解妳會覺得好像每個傢伙都心懷鬼胎，而變得疑神疑鬼的心情。」

原本是個大小姐，不懂人情世故的芙洛兒聽了後，用力壓低下巴。

「畢竟每個人都會優先自己的利益而行動。當然了，我自己也是這樣。」

「那這樣……」

芙洛兒這話說到一半停頓了下來。

那這樣，我怎麼能夠不相信別人，卻只相信你？

如果芙洛兒這麼說出口，就跟不管什麼事情都好，只想找到反駁機會的小孩子沒兩樣。

她在千鈞一髮之際發起自制心，避免了被人看見糗樣。

即便如此，芙洛兒還是不確定有沒有完全掩飾自己的心情。

之所以差點脫口說出孩子氣的話語，是因為另一種心情在內心翻騰。

她從頭巾縫隙看向密爾頓。

這位年輕、站穩腳跟、身上滿是塵埃的貴族，保持著柔和表情輕輕開口說：

「說出來或許像在開什麼玩笑，但我只能這麼說。」

抵達城鎮邊界時，密爾頓停下了腳步。

「妳不相信別人沒關係，但請相信我說的話。」

隔了一秒鐘後，芙洛兒忽然覺得視線變得模糊，後來發覺原來是自己笑了。

來到城鎮邊界的盤查所後，可看見從附近村落運送農作物來到這裡的村民，以及隨著太陽升起，走完最後一段旅程的旅人們在繳納稅金或與人議論。

盤查所裡也會看見牛、馬，或關在籠子裡的雞隻來來往往，一片喧嘩。

然而，芙洛兒根本聽不見這般喧囂聲。

「……好差勁的泡妞台詞。」

「是啊，畢竟以前我也沒讓妳留下印象。」

芙洛兒在頭巾底下沒掩飾地笑笑，然後吸了口氣。

她心想，雖然被趕出了宅邸，但遇到的也不見得全是壞事。

「先攻再退，接著再進攻……」

「看是追到蝴蝶、小貓、兔子，還是狐狸。」

沉迷於戀愛的年輕貴族們，總會帶著自嘲意味吟唱這首短詩。

在這座城鎮，芙洛兒肯定找不到其他人聽到這首短詩後，會跟她一起縮起脖子笑出來。

芙洛兒與密爾頓兩人看著彼此嘻嘻笑個不停，不久後笑聲如浪潮般退去。

這時，芙洛兒靜靜地說出：

「就相信你吧。」

雖然只是簡短一句，但這句話比商人們使用的冗長合約詞句重要得多。

密爾頓也用力點點頭，然後放開韁繩說：

「請多多指教。」

芙洛兒握住密爾頓的手，回答說：「我才是。」

然後，密爾頓立刻重新握住韁繩。他先看了馬兒一眼後，再次看向芙洛兒說：

「可以的話，今天先聊到這裡，好嗎？」

雖然密爾頓的表情很正經，但似乎用「裝正經」來形容比較貼切。

「你比我想像中來得能言善道。」

「能不能射中對方的心，關鍵就在分手之際。」

「表現出對對方有意思的態度，然後讓對方整個晚上只想著你，是這個意思嗎？」

對於自己能夠如此滔滔不絕地說話，芙洛兒也感到驚訝。

隔了這麼久又戴上已經生鏽，並且塵封於內心深處的貴族面具，芙洛兒覺得舒服極了。

「看來，我還不夠資格當個商人，竟然會被人識破心聲。」

「會嗎？我還沒問你下次什麼時候可以見面呢。」

抱著一日三秋的心情，等待著騎士再訪的貴族女孩。

芙洛兒覺得扮演起這樣的角色，感覺還不錯。

「三天後的晚上。」

「我等你來。」

芙洛兒差點不自覺地做出動作，她心想一定是因為自己體內流著貴族的血液。

因為還是不小心稍微抬高了下巴，芙洛兒壓低下巴做掩飾，並輕輕別開視線。

密爾頓說了聲「再會」後，便走了出去，但芙洛兒知道密爾頓是假裝沒發現她的反應。

噠、噠，馬蹄聲逐漸拉遠。

三天後的晚上。

一邊注視著密爾頓的背影，一邊在心中這麼嘀咕後，芙洛兒才發覺自己用手按著胸口。

她急忙鬆開手，並且拚命地想要撫平因為緊抓住衣服而形成的皺褶。

密爾頓向負責盤查的士兵打了招呼後，順利通過盤查。

他只回頭看過芙洛兒一次。

芙洛兒一副早已不在意密爾頓的模樣，轉身走了出去。

事實上，芙洛兒是不敢繼續看著密爾頓的背影。

三天後的晚上。

在已開始活動起來的城鎮喧囂之中，芙洛兒彷彿在呼喚寶物之名似的，在心中這麼嘀咕。

明亮的春日陽光。

在城鎮，建築物密集建蓋的情形經常可見，住家與住家之間的縫隙，很有可能狹窄得連紙張都放不進去。

以前住在宅邸裡會認為理所當然看得到陽光，但在城鎮，陽光算得上小小的奢侈品。

連從天空無限灑落的陽光都變成了奢侈品，可見凡間生活有多麼辛苦。

芙洛兒一邊心不在焉地想著這些事情，一邊倚在窗框上，托腮望著小鳥在午餐吃剩的麵包屑附近聚集。

「大小姐。」

這時，傳來了不識風趣的話語。

然而，芙洛兒沒有生氣，而是依舊望著窗外。

因為她自己也明白該生氣的人是歐拉。

「大小姐！」

因為聲音太大，小鳥迅速飛起。

這時芙洛兒才總算抬起頭，然後悠哉地轉身朝向聲音傳來的方向說：

「太大聲了……」

「如果這麼大聲能夠讓您聽話，我會說得更大聲。」

「好啦、好啦……只是，天氣實在太好了……」

芙洛兒說到最後打了個大哈欠，並坐在寬敞椅子上伸懶腰。

書桌上放了幾張紙、羽毛筆，還有墨水。

其中一張紙用著流暢筆法寫上了文字。

那是歐拉寫下的商人簽訂合約之際，所使用的固定句型一覽表。其範圍涵蓋了買入、賣出、借出、借入、其他各種用詞的使用方法，甚至到向神明祈禱的方法。

因為商人有時候必須與異國人們交易，所以會用獨創的用字遣詞互相溝通。姑且不論小金額，如果是大金額的交易，要是誤讀了合約的任何一字一句，將會就這麼走上破產的命運。面對企圖欺騙對手而一直虎視眈眈地等待好機會的人們，必須學會最低限度的戰鬥方法。

芙洛兒回想起歐拉這番誇張話語，並翻開另一張紙。

紙上寫著一長串貨幣名稱。名稱旁邊的數字是與其他貨幣的兌換率，貨幣的兌換關係宛如咒語般複雜。

如果是個能夠獨當一面的商人，就必須掌握所有兌換關係。

就算歐拉不這麼叮嚀，芙洛兒也知道自己該這麼做。
「大小姐。」
歐拉以沒有抑揚頓挫的語調說道，這表示他真的生氣了。
芙洛兒看向歐拉，然後皺起眉頭說：
「別生氣，我自己也很討厭這樣……」
歐拉的觀察力那麼好，他當然很快就察覺到芙洛兒並不是指自己因為天氣好，而太高興。
歐拉堆起從額頭延伸到頭頂的皺紋，並只睜大一邊的眼睛；這樣的動作表示他在心裡仔細斟酌接下來該說什麼。
歐拉非常聰明，而且重情義。
就是面對表現窩囊的芙洛兒，歐拉也沒有拋棄她，還禮貌地做出應對。
「大小姐，身為負責管帳兼教育您的人，我有話必須說。」
「嗯。」
芙洛兒簡短地回答後，歐拉先輕輕深呼吸一次，才開口說：
「請您小心不要誤判事物。」
歐拉的話語含蓄得甚至讓人覺得討厭。
為了不讓人抓住語病，商人都會採用模稜兩可的說法，但反過來說，這也表示商人能夠說出有各種解讀可能性的話語。

聽到歐拉的話語後，芙洛兒沒有笑出來，臉上反而籠罩著陰霾。因為她確實有過這樣的經驗。

歐拉用手摸著頭滑過頭頂後，接續說：

「雖然我特別不想說這種話，但波斯特家是在現在的主人娶了上一代的未亡人後，才興盛起來。到處都在謠傳波斯特家的主人，在各處宅邸決定領地問題和各種政策。也就是說呢——」

「也就是說，跟波斯特家主人流著相同血液的密爾頓，也是罕見的好色之徒。」

芙洛兒保持看著書桌前方牆壁的姿勢，接續歐拉的話語說。

不知道是不是方才的小鳥飛了回來，窗外傳來「唧唧唧」的輕聲鳥鳴。

也傳來了一陣顯得特別高亢的聲音，芙洛兒心想應該是在某處小巷子跑動的小孩叫聲。

另外還傳來「唔～」的呻吟聲，那是家中賢者發出的聲音。

「畢竟密爾頓的生意對象是高傲的貴族們。你說的應該沒錯吧，在他眼裡，我根本就是個黃毛丫頭。」

「……我是不會說得那麼嚴重……」

「不用不好意思說，我自己也知道。我知道自己沒有站穩腳步。要是能夠跨出這窗框，我甚至覺得自己會就這麼飛向天空去。」

芙洛兒一邊看向耀眼陽光灑落的中庭，一邊瞇起眼睛說道。
歐拉把話含在嘴裡打算說些什麼，但最後吞下了話語。
他的前主人是芙洛兒的前夫。
而且，前主人怎麼娶到芙洛兒，歐拉看得一清二楚。
芙洛兒知道比起她本人，歐拉更在意這件事情。
波倫家終於撐不住而破產時，歐拉會對就快流落街頭的芙洛兒伸出援手，想必有一部分也是帶著贖罪的心情。
正因為如此，所以當他看見遭遇可憐的沒落貴族女孩，表現出甚至稱不上是戀愛的意亂心迷態度，才會覺得要女孩捨棄這情感太殘酷。
芙洛兒猜測著歐拉應該是抱著這般心態。
雖然這般猜測有些太精闢，但肯定與事實相差不遠。
而歐拉也確實猜中了芙洛兒的心思。
芙洛兒把視線拉回屋內，帶著自嘲意味地笑了。
「不過，生意畢竟是生意。人們面對虧損時，總是說變就變。對吧？」
這也是歐拉傳授給芙洛兒的觀念之一。
身經百戰的商人雖然一副尷尬模樣，但還是態度明確地點了點頭。

「不過，光是用嘴巴說，你也不會相信吧。就像……」

「商人一樣，是嗎？」

歐拉巧妙地接了話，芙洛兒因此得以展露自然的笑臉。

雖然嚴厲，內心卻非常仁慈的老商人看見芙洛兒的笑臉後，露出鬆了口氣的安心表情。

在這樣的狀況下，芙洛兒當然應該做一件事情。

她輕輕咳了一聲後，挺直背脊。

書桌上滿是芙洛兒必須學習的事情。

「我會認真寫，真的會。所以，你就相信我，讓我一個人獨處好嗎？」

聽到芙洛兒的話語後，歐拉思考了一會兒，然後表現沉穩地說出正經八百的告退話語，才離開房間。

對著靜靜關上的房門，芙洛兒忍不住露出微笑。

她身邊淨是一些好人。

既然如此，芙洛兒當然應該回應他們的期待，也希望自己能夠一直守護著他們。

想到自己擁有這般野心，芙洛兒輕輕搔了搔鼻子，並聳了聳肩。

然後，她拿起羽毛筆，不再分心地認真坐在書桌前。

只有在吟遊詩人吟唱的故事裡，才能夠相信男人在分手之際表示三天後會前來的話語。

而且，芙洛兒切身了解生意總是無法如預期進行。

所以，第四天傍晚接到密爾頓表示因為商談時間拉長，暫時無法回來的聯絡時，芙洛兒並沒有特別地失望。說起來，甚至還是歐拉表現出比較擔心的樣子。

再加上，芙洛兒的生活也沒有優雅到能夠一直在自己房間做日光浴，直到密爾頓回來，所以還是度過了一段頗為忙碌的日子。

一方面因為介紹密爾頓給芙洛兒認識的瓊斯商行，表示想與她商量採買乾草的相關事宜，所以芙洛兒花了大約一星期的時間，每天密集拜訪港口沿路上的商行。

每天早上和晚上，芙洛兒都會聆聽歐拉針對服裝的臨時授課。授課內容十分充實，從如何把羊毛捻成線，到編織成毛織物，或是編織成麻布的過程都涵蓋在內。

不過，不管是作為原料的羊毛也好，染料也好，就算被告知來自未曾見識過的異國土地，或不曾聽過之地的商品比較好或壞，即使當下能夠記得，過了兩天後也不敢保證還記不記得住。

以羊毛為例，原種羊隻的產地及飼養的地方已經不同了，還要記住剃下羊毛後，在什麼地方染色，又在哪個城鎮的哪個工匠公會加以編織，並進行氈縮處理。這樣根本記不得在那之後，哪種商品在哪個城鎮比較容易賣得出去。

芙洛兒覺得自己就算在歐拉面前記住了這些知識，也不會有太深刻的了解。

所以，在她密集拜訪商行的期間，忍不住對著變得比較親近的對象抱怨這件事情。芙洛兒自身也感到意外的是，這個聽她抱怨的對象，竟然是當初試圖壓低支付給芙洛兒的酬勞、令她覺得難以信任的男子。

還有，這名自稱是漢斯的男子聽到芙洛兒的抱怨後，笑著表示了贊同。

「我以前也是一樣。」

因為實在感到太意外，芙洛兒不禁反問說：

「真的嗎？」

「當然。因為要記住的東西實在太多，我甚至還認真擔心起在腦袋塞進這麼多東西，最後會不會連自己的名字都忘了。」

芙洛兒曾經弄得一身魚腥味運送鯡魚，回程還全身沾滿汗水及塵土搬來乾草，結果對方竟然想要違背當初的約定殺價。而這個人就是漢斯。

她不禁覺得漢斯帶來的衝擊，就跟發現雕像身上其實流著血液時的驚訝程度一般。

「不過，您的那位好老師只是讓您挨罵而已，我們這些學徒可是被人用動物肌腱做成的鞭子鞭打，還有用麵包店淘汰下來的擀麵棒痛毆。」

「歐拉……喔，就是那位好老師呢，也說過同樣的話。我還以為他是在騙人。」

聽到芙洛兒笑著說道，漢斯緩緩捲起袖子，露出手臂說：

「這就是被鞭子鞭打的傷痕。那時候我在練習拼音，我拿著貝殼認真在石盤上寫字，寫得整個手肘都沾滿白粉的時候，被人用力鞭打到白粉全飛了起來。還有，這邊這個傷痕呢。」

漢斯捲起袖子的左手臂上，有一小塊沒有長毛、顯得不自然的部位。

「這是我晚上為了不讓自己睡著，拿燭火燒自己的傷痕。」

漢斯一副像在描述愉快回憶似的模樣，若無其事地說出這般往事。

不過，這些總是一臉正經，表現得彷彿自己打從出生時就已經掌握到世上一切事物的人們，似乎一開始也都經歷過流血流汗的辛苦時期。

如果真是如此，芙洛兒覺得自己開始能夠理解這些人為何會表現出看不起她，或鄙視她的態度。

在有過這般辛苦經驗的人們面前，芙洛兒這種還沒站穩腳步的人，如果表現出能夠獨當一面的態度，他們當然會想生氣，也會想鄙視對方。

「學徒當中有些人生來就很聰明。為了不想輸給他們，我絞盡腦汁想到最後，想出了這樣的方法。到了現在，這傷痕算是我小小的驕傲。只要努力，就一定贏得了別人。反過來說……」

侃侃而談的漢斯突然停頓下來，然後帶著自嘲意味地笑著說了句：「我好像話太多了。」

芙洛兒不需要反問，當然也知道漢斯接下去的話語。

只要努力，就一定贏得了對方；反過來說，就算是天生聰明的小孩，如果不努力，也贏不了人。

這份自信正是力量的來源，讓商人們擁有一種別說是貴族，甚至國王都敢鄙視的剛強性。住在宅邸裡的時候，芙洛兒看著這些商人就一直有種想法。

她心想，這些商人一定不害怕任何東西。說不定他們連想要守護的存在都沒有。

「跟你相比，修道士也遜色三分。」

聽到芙洛兒的話語，漢斯思考了一會兒後，隱約露出似乎不討厭聽到這般誇獎的表情。

芙洛兒心想，這男人肯定沒有第一印象給人的感覺那麼差勁。

「不過，我們商人跟他們不一樣，我們滿腦子都是個人的欲望就是了。」

「修道士也是捨棄不了想要解救自己，不然就是想要解救什麼人的欲望。」

每次芙洛兒說出能夠讓漢斯瞠目結舌的話語，都是借用歐拉說過的話。

不過，方才說的那句話，是芙洛兒過去親眼看見接受波倫家捐獻的修道士們所做所為，而得到的感想。

漢斯直直盯著芙洛兒看，一副在打量人的模樣摸著下巴。

不久前芙洛兒還覺得這樣的舉動顯得失禮，像極了冷血漢的表現。

現在看起來，卻變成了商人特有的可愛表現。

「或許是吧。然後，如果真是如此，也對吧。雖然覺得不敢當……但或許我們跟修道士們一樣。修道士們的目標是尋求沒有生老病死的國度，相對地……我們是在尋求沒有虧損破產的國度，應該是這樣吧。」

漢斯看似開心地說道，然後像在自言自語似地喃喃說：「那正是樂園啊。」

實際看著這些商人，可知道他們抱著頑固態度，無慈悲心也毫不手下留情地追求利益而前進，這般執著態度甚至讓人有種清新的感覺。

為了追求利益，他們不顧周遭眼光地大聲怒罵，總是以猜疑目光看待對手，就連對自己表示忠誠的人們也不惜欺騙。

這一切都是為了賺錢、為了得到利益。

想必對他們而言，國王或貴族的稱號根本不具任何意義。

畢竟想要成為一個好商人，必須遭人鞭打或拿火燒自己的手臂；而想要成為國王或貴族，卻只要幸運地出生在那個地方就好了。

「方便問你一個問題嗎？」

芙洛兒與漢斯已經面對面交談了好幾天，事到如今也沒必要隱藏面容。

只是，芙洛兒一直沒找到機會卸下頭巾，所以還纏在頭上。她趁著這時卸下頭巾，然後這麼詢問。

或許是把芙洛兒卸下頭巾的舉動解讀成讓步的行為，漢斯回答「請說」時的語調以及表情顯得意外地柔和。

「是什麼原因讓你願意拚命到這種地步？」

芙洛兒多少也猜測得到原因。

商人願意如此拚命有太多現實性的原因，原因之多，就是住在被森林包圍的宅邸裡也能夠想像。

即便如此，芙洛兒還是提出詢問。那是因為她猜測著或許能夠聽到另一種答案。

芙洛兒期待著漢斯的答案，或許能夠證實她在心中悄悄做下的猜測。

「哈哈，您竟然問我這個問題啊。」

「很奇怪嗎？」

芙洛兒裝出感到困擾的表情說道。在貴族們喜歡批評他人的晚餐會上，芙洛兒已經很習慣裝出這樣的表情。

「不會……我能了解您的心情。因為，好比說，我也會想要詢問商行主人他們相同的問題。不過，我現在還只是烏合之眾當中的一人。所以您問我『是什麼原因讓你願意拚命到這種地步？』會讓我覺得有些難為情。」

漢斯應該是覺得自己還沒有做出一番成就，才會這麼說。

要不是現在的交易對象是商行，而且又曾經被對方以難以置信的厚顏無恥態度壓低合約價格，芙洛兒一定會永遠記得漢斯的名字和面容。

明明很貪心，卻又極度地謙虛。

商人真是一種奇怪的生物。

「因為我是出生在貧窮農家的四男，光是沒有被殺死而存活下來，就算很幸運了。離開村落後，我沒有地方投靠，也無家可歸，只能夠在這家收我當學徒的商行賴著不走。話雖這麼說，確實也有很多人逃離商行就是了……」

漢斯顯得有些靦腆地說道。他輕輕搓搓鼻子掩飾靦腆表情的舉動，簡直就像個少年一樣地可愛。

漢斯那不是只會把人當笨蛋，就是瞧不起人的目光瞬間閃過一絲鄉愁，變得非常柔和。

「儘管如此，我還是忍耐了下來。說到我為什麼能夠忍耐下來……當然有很多原因，而且我也搞不太清楚哪一個才是真正的原因。再說，一方面也是因為我只有這條路可走。不過嘛……這個……」

漢斯說話時一副因為面對難題而感到頭痛的模樣，卻又顯得很開心。他保持看向遠方的姿勢陷入了沉默。

芙洛兒先看了漢斯的側臉一眼後，把視線移向自己手邊。

低下頭的芙洛兒臉上掛著笑容。

因為漢斯的側臉露出她熟悉的表情。

而且，漢斯沉默的側臉正是證實芙洛兒心中想法的最佳證據。

雖然芙洛兒無法喜歡上自己的那個暴發戶丈夫，但有一點讓她感到羨慕。

那就是，這些商人在他們願意犧牲自尊、信仰，甚至犧牲友情和愛情，也想要前進的那條道路前方，看見了某種存在的事實。某種能夠驅使這些絕對稱不上正常人，卻優秀得嚇人的人們前進的存在。

哪怕只是一次也好，芙洛兒很想看見這些人在視線前方看見了什麼，更重要的是，這些人直直盯著前方看的恍惚模樣讓她羨慕不已。

正因為如此，芙洛兒最近開始覺得自己並不怨恨那個過分的守財奴丈夫。

因為破產已成定局的當下，他已經永遠失去了視線前方的存在。

波倫家徹底沒落時，芙洛兒的情緒之所以沒有太大的動搖，或許也是因為她的心，早就被這些人視線前方的某種存在深深吸引了。

那個在道路前方、其價值足以讓人願意承受任何不幸，或痛苦遭遇的某種存在。

說出幼時辛苦談的漢斯，肯定也是追求著這個存在的一人。

「我也不知道該怎麼說。」

聽到從沉思回到現實世界的漢斯這麼說，芙洛兒也回過神來。

「不過，應該是因為有所期待吧。」

「期待。」

聽到芙洛兒反覆說道，漢斯笑了笑後，搖搖頭說：

「請忘了我剛剛說的話。我還太年輕，不夠資格回答這個問題。」

如果漢斯是表現出像讓人吃閉門羹似的拒絕態度，芙洛兒或許會壞心眼地反問回去。

然而，漢斯表現出來的是，坦率承認這是個難題的乾脆態度。

在現今騎士身上，肯定找不到漢斯這般乾脆爽快的態度。

既然如此，身為前貴族的芙洛兒當然應該表示敬意。

「抱歉提了個怪問題。」

聽到芙洛兒這麼簡短一句，漢斯像在惡作劇似地只張開一隻眼睛看向芙洛兒說：

「不會。」

芙洛兒覺得自己應該能夠與漢斯成為好朋友。

而且，漢斯已經給了她超乎語言的寶貴答案。

「謝謝。」

芙洛兒簡短地答道。

這些人態度乾脆又謙虛，而且比任何人更貪心地拚命往前進。

短暫的互動過後，芙洛兒再次與漢斯討論起採買乾草事宜，但芙洛兒看待漢斯的心情已經與方才完全不同了。

為了採買乾草，漢斯告訴芙洛兒什麼地方的乾草比較好，還有與哪個村落的哪位負責人交涉，能夠讓採買工作進行得順利；在這之前，芙洛兒甚至不知道採買乾草的地方曾經是波倫家的領地。漢斯之所以願意表現態度好的一面，是因為對他而言，芙洛兒是有益的存在，而芙洛兒當然早就發現這點。

然而，只要是能夠為自己帶來利益，就會體貼對方的行為聽起來，或許有些卑劣且小心眼，但事實上並非如此。

商人們追求的東西，與那些天生的賢人們舉止優雅地追求著的東西不同。

即使遭人鞭打棒毆，商人們仍不肯放棄地想要前進。

只要是能夠幫助自己前進的人，商人們當然會想體貼對方。

那麼，芙洛兒是否也抱持一樣的態度呢？

這天，她也像前幾天一樣在商行討論出多項結論，並一邊開玩笑地討價還價完情報費後，走在回家的路上。就在她準備從城鎮郊區，橫越通往港口的馬路時——

遇見了密爾頓。密爾頓明明藏不住倦容，表情卻顯得生氣勃勃地牽著馬兒走路。當下芙洛兒腦中只浮現一個想法。

彼此同心協力讓利益發揮到最大，再對分利益的動作，並非只是為了讓彼此能夠賺錢買明天的糧食。

密爾頓說過自己想賺錢，是為了讓趕他出家門的家族刮目相看。

可是，為了達到這個目的而勞心費力，最後還有多餘精力展露清新笑容嗎？

密爾頓一定也是抱著同樣的心態。

因為有所期待。

期待在生意之路前方、在以自己的雙腳前進的道路前方，看見某種存在。

如果密爾頓的心態真是如此，芙洛兒這時不需要打招呼，也不需要說慰勞話語。

她站到筋疲力盡、感覺就快倒在床上睡著的密爾頓面前這麼說：

「我想跟你討論採買服裝的事情。」

聽到芙洛兒所說的話語後，雖然變化得緩慢，但密爾頓原本顯得驚訝的表情，逐漸化為無敵的笑臉。

芙洛兒提供自家作為討論採買事宜的場地。

因為家裡有貝托菈在，她從屋頂的接縫位置，到老鼠逃跑的洞口位置都確實掌握，所以不需要擔心計畫遭人竊聽。

而且，歐拉也在只隔著一道牆的隔壁房間。

就算沒有纏上頭巾，只要有這份安心感，就像得到了一百人的助力。

「我已經跟商行說好讓我代理採買。」

「你跟目前往來的商行說過要開始做新生意的事情了嗎？」

「說了。所以，我必須在最後幫他們賺一大筆利潤。」

「這就是你晚回的原因？」

聽到芙洛兒的話語後，密爾頓顯得疲憊地笑了。

「是的。所以，暫時不能再去那個家族拜訪了。我不是去那邊強迫推銷商品回來的喔。因為連園丁的學徒都跟我買了衣服，除非有人突然變胖，否則應該有好一段時間不需要添購衣服吧。」

密爾頓準備出發當時，馬匹上裝了二十件不知什麼服裝。

就算那只是二十件普通的圍裙，而每名傭人都分到一件，也會多出來才對。

密爾頓肯定推銷得很辛苦。

不過，這證明了密爾頓的銷售技術高超。

芙洛兒心想，這次的交易絕對不會虧損。

「那這樣，就算我們接下來採買衣服來銷售時遇到最慘狀況，只要你死命地推銷，就不會虧損，是嗎？」

密爾頓用手摸著下巴，與一個星期前相比，他手上的乾燥裂痕變多了。他的下巴也冒出了短短鬍鬚，看起來頗有威嚴。

「沒錯。不過……」

「嗯？」

芙洛兒反問的同時，密爾頓看向了天花板。

天花板傳來一陣尖銳的聲音，老鼠從屋樑上跑過。

「不過，我真的曾經不怕死地拚命工作過。希望不要變成那樣才好。」

密爾頓沒有看著芙洛兒，而是一邊看向老鼠，一邊說道。

芙洛兒一邊努力不讓情緒顯現在臉上，一邊猜測著密爾頓所說的「那樣」是指什麼。

密爾頓所說的「那樣」應該有兩個意思，一個是指自己一路不怕死地拚命推銷的事實，另一個是指像在屋裡到處跑動的老鼠一樣。

「芙洛兒小姐，妳應該會擔心一些事情吧。」

「咦？」

芙洛兒不禁反問道。

歐拉事前提出的吩咐事項當中，有一項是不明白時必須保持沉默地一邊思考，一邊等待對方接下來的話語。

不明白時如果立刻反問回去，只會無益地讓對方變得有利。

所以，當密爾頓發出「嘻」的一聲笑出來的瞬間，芙洛兒不禁以為密爾頓是在取笑她做出這般舉動。

直到有人開口說話後，芙洛兒才知道不是這麼回事，而這個人當然是密爾頓。

「負債，我曾經有過負債。」

「負債。」

芙洛兒沒有以疑問句回答。

對於這個字眼，芙洛兒根本不需要反問也耳熟能詳。

「是的，當初其實是另一家商行看中我的能力。不過，那家商行知道我的立場，所以抓住我這個弱點利用我。就在我遭受無情對待的時候，目前合作的這家商行借給了我能夠暫時不愁吃穿以及住處的資金。我雖然覺得幸運，但並不感謝對方。」

聽到密爾頓如謎題般的話語，芙洛兒腦中立刻浮現了答案。

密爾頓只在嘴角浮現如粗俗傭兵般的笑容，然後沉穩地滔滔描述起往事：

「勞動是值得尊敬的行為。然而，人們如果白天勞動，晚上就必須睡覺。這是神明定下的世間真理。明明這樣，卻有人不管是神聖的日子還是歡喜的日子，甚至悲嘆的日子，都不分晝夜地不停勞動。要不是借了惡魔的力量，這種事情根本做不來。」

這是出名的傳教話語。

芙洛兒知道最後一句。

「其名為高利貸。」

對現在的密爾頓來說，能夠暫時不愁吃穿及住處的資金，肯定是一筆毫無價值可言的小金額。

然而，如果對方是貪婪的商人，這筆資金的利息肯定是短短期間就理所當然要十成、二十成的利率。

芙洛兒的前夫因資金周轉不靈而連日連夜向人借錢，最後終於把戴著三角高帽、滿臉鬍鬚的高利貸請到宅邸來時，那些高利貸口中說出的利息半年就要本金七倍的金額。

密爾頓之所以會說必須在最後賺到一大筆利潤，或許是如果他要還債，必須有一筆數字不小的金額。

負債的枷鎖比綁在狗脖子上的項圈更加強固。

而且，負債一旦解除，雙方就此無恩也無仇。

思考到這裡，芙洛兒有所察覺地再次凝視著密爾頓的眼睛後，不禁感到驚訝。

因為她看見原本像在表演小小餘興節目般，描述著出名傳教話語的密爾頓眼神，不知不覺中變得非常平穩。

看見密爾頓那誠實的目光，會讓人覺得他如果表示會回來，就一定會回來；如果表示沒問題，就一定沒問題；如果表示會保護妳，就一定會保護妳。

芙洛兒瞬間說不出話來。

原因是，曾經因為負債而吃苦的密爾頓，竟然打算再次負債。

「如果……」

說著，芙洛兒因為太緊張而抬高下巴，話也說到一半停了下來。

密爾頓輕柔地閉上眼睛，靜靜地反問說：「如果？」

「如果我說要收利息，你怎麼打算？」

就算沒有身處生意界，每個人也都知道金錢就是力量。

離開宅邸後，芙洛兒之所以沒有遭遇悲慘命運，並不是因為有歐拉或貝托菈陪伴。

而是因為芙洛兒為了對前夫做出小小報復，從前夫荷包一點一點地偷拿貨幣。

在賺錢能力方面，芙洛兒根本無法與密爾頓相提並論。

然而，在力量關係上，芙洛兒則處於優勢。

在宅邸時，芙洛兒連衣服也不會自己穿，甚至沒有發薪水給傭人；這樣的她空有貴族稱號，事實上就像個被傭人照料一切的小孩。

密爾頓抬高臉，緩緩說：

「因為我第一眼看到妳，就覺得妳應該是個很溫柔的人。」

「唔。」

芙洛兒試圖偽裝冷靜，但失敗了。

她知道自己臉紅了起來，但事到如今就是低下頭，也為時已晚。

即便如此，芙洛兒還是別開視線，先咳了一聲後，開口說：

「一、一旦牽扯上損益，人就會改變。你、你應該知道這道理吧？」

這是芙洛兒向歐拉學來的話。

不過，在這樣的狀況下，芙洛兒之所以說得出話來，是因為那是向別人學來的話語。

如果試圖自己思考話語，對於密爾頓的心意一定會掩蓋了她的思緒。

「是的，我當然知道。所以，在牽扯上損益的瞬間，能夠看見人們的真心話。還有……」

密爾頓笑著接續說：

「妳沒有打算收利息。我已經確認了妳的真心話。我很肯定，就算妳現在戴著頭巾，想必也看得出來。」

芙洛兒清楚知道密爾頓沒把她當成一個商人，而是當成貴族女孩看待。

照理說，芙洛兒這時應該要生氣，並且設法反擊回去。

然而，她卻是覺得舒服得甚至讓人討厭、讓人想哭。

這種感覺就像搔抓被雪地反射的陽光曬傷的部位一樣，讓人覺得舒服又難耐。

芙洛兒一副表示投降的模樣，從喉嚨深處擠出話語：

「我……不會收利息，因為已經約定好利益折半。」

為了至少能夠保有面子，芙洛兒簡短地補上一句說：

「商人必須遵守約定。」

然而，密爾頓沒有放過她。

「我們並沒有簽書面合約。」

芙洛兒知道密爾頓是「妳想收利息的話，還來得及」的意思，但事到如今怎麼可能簽書面合約。

如同芙洛兒一項一項地排除不安因素，密爾頓也以他的方式在排除自己的不安因素。

看見芙洛兒搖了搖頭，密爾頓雖然沒有變化表情，但忽然放鬆身體力量讓自己靠在椅背上。

密爾頓那模樣不像在演戲。

這時芙洛兒才發現原來密爾頓也感到緊張。

「那麼，我們可以開始討論具體內容了嗎？」
密爾頓在兩人之間丟出了這句話。
不愧是密爾頓，就算被趕出了家門，仍舊擁有貴族男子的風範。
在互鬥剛剛結束的懶散氣氛中，他確實把對話拉回主題。
「我也是第一眼看到你，就覺得你應該值得信任。」
事實上，芙洛兒確實排除了心中的疑慮。
密爾頓說出最合理的判斷，並願意來到這裡。
接下來只要採買衣服來銷售就好了。
「那麼，方便開始討論服裝種類和數量嗎？」
「麻煩了。」
芙洛兒點點頭後，明確地說道。

晚餐時間。
固定成員圍繞在餐桌旁，包括了芙洛兒、貝托菈，還有歐拉。
雖然芙洛兒邀請了密爾頓留下來吃晚餐，但密爾頓態度堅定地拒絕了。

不過，芙洛兒仔細一想，才想起密爾頓運送服裝去銷售，回來後便直接來到芙洛兒住處討論合約事宜。

比起吃飯，密爾頓或許更想要休息。

芙洛兒一邊這麼想著，一邊等待歐拉確認密爾頓提議的服裝種類、顏色和花樣，以及產地和數量。

「嗯。」

看完所有內容後，歐拉一開口就是先發出這般嘆息聲。

或許是畢竟年歲已高，歐拉閉上眼睛讓身體緩緩往椅背靠，然後緩慢且用力地做了一次深呼吸。

雖然內心感到些許不安，但看見歐拉額頭上沒有堆起皺紋，芙洛兒猜測著提議內容應該不是太差。

「不愧是這方面的高手。」

只是，芙洛兒沒想到歐拉竟然會說出這般誇獎話語。

「內容不差嗎？」

「是的，甚至應該說內容很不錯。雖說貴族大人們的喜好很容易改變，但一些應該有的基本款式不會改變。像這內容也提議得很好，這個現代風格的亮麗花樣薄布料，確實掌握到了來自遠方國家的自信商品。接下來就看那位先生的口才好不好了……」
「關於這點，我已經見識過了。」
看見芙洛兒帶著自嘲意味地說道，歐拉露出正經表情，然後輕輕咳了一聲說：
「那麼下一點，關於與波斯頓家少爺之間的金錢關係的合約書。」
「……還有什麼不妥嗎？」
芙洛兒顯得不悅地反問道，但應該說她有一半是帶著難以置信的心情。
針對與密爾頓之間的金錢借貸與利益關係，芙洛兒先整理出約定內容，再由歐拉以絕不遺漏一滴利益的犀利目光檢查過一遍，並大幅度地做了修改。
而且，不僅針對約定內容，連文章語法也徹底做了修改。修改內容包括了迂迴說法，也使用了平常絕對不會使用的單字來形容同一件事情。修改當時芙洛兒不禁有種回到小時候在學習單字拼法的錯覺，而實際上只要文字稍微寫得潦草了一些，歐拉就會嘆口氣，同時把貝托菈叫來。
芙洛兒每次要重寫，拿著昂貴紙張前來的貝托菈臉上，就會多出一條皺紋。
「不管注意多少遍，永遠不嫌多。因為這份合約書要是有什麼內容不全的地方，辛苦賺得的利益有可能全被人拿走。」
歐拉從懂事開始就一直在生意界待了幾十年，既然他會這麼說，就表示或許真是如此。
然而，芙洛兒還是忍不住在心中嘀咕說：「就算是這樣，也要有個限度才對。」

再說，簽合約的對象是密爾頓。

密爾頓並非打從骨子裡就是個商人，他原本生活在會以家族名譽與自尊做出承諾的世界。

如果讓密爾頓知道簽合約前，這方是如此充滿猜疑地寫下合約書，說不定會打壞了心情。

芙洛兒暗自心想如果換成是自己，一定會因此打壞心情。

不知道是不是看出了她的這般心聲，歐拉擺出閱讀文字的慣用姿勢讓身體往後退，拉遠與紙張的距離後，一邊瞇起眼睛，一邊讀出內容：

「以神之名，由芙洛兒．馮．伊塔詹托．瑪莉葉．波倫提出，給敬愛且誠實之密爾頓．波斯特。兩人在神之旨意下相遇，共同協議經由瓊斯商行採買毛織物、麻織物、銀製飾品，採買費用由波倫全額負擔，但採買費用之五成金額視為波斯特之貸款。此貸款可依採買商品之銷貨收入抵銷。針對此貸款，波倫不收取利息，利益則由兩人對分。所有採買商品皆視為波倫所有。最後，願神庇佑。」

滔滔讀出合約內容後，歐拉還是不肯從紙張上挪開視線。

明明已經多次構思過文章，也仔細斟酌過使用單字，才好不容易寫出這合約內容，歐拉卻仍然直盯著合約內容看。

不過，芙洛兒大概猜得出歐拉接下來會說什麼。

「關於波斯特家少爺的貸款。」

芙洛兒沒想到自己的猜測如此準確，帶著抗議意味地伸手拿起麵包。

「五成就好。」

芙洛兒的回答簡短且堅定。

雖然歐拉直直凝視著芙洛兒，但芙洛兒沒有打算讓步。

合約書裡針對貸款部分的約定重點在於，當密爾頓估算錯誤，以低於採買金額的價格賣出商品時，芙洛兒必須負擔損失到什麼程度。

以歐拉的觀點來說，理所當然要收取十成以上的利息，如果是精打細算的商人，更會若無其事地提示十五成或二十成的數字。教會以「借錢回禮」的說法，心不甘情不願地表示認同的利息，一年大概在兩成到三成的範圍，所以儘管收取十五成或二十成的利息顯得太過分，以從採買到賣出就是花上好幾年也不足為奇的交易來說，十五成或二十成的利息已算是低於標準太多的數字。

利益對分之外，密爾頓負擔的部分還只有採買費用的五成；聽到這般從不曾聽過、如神明大發慈悲般的條件，歐拉憤怒地瞪大了眼睛。

即便如此，芙洛兒還是認為只要收取五成利息就好。

雖然芙洛兒一方面是因為信任密爾頓，但還有更重要的理由。

那就是，芙洛兒只有少許資金但沒有力量，相對地密爾頓卻擁有強大力量。如同只因為芙洛兒出身於貴族，所以貝托菈和歐拉會向她低頭般，芙洛兒難以忍受只因為有錢，而讓密爾頓向她低頭。

密爾頓借力量給芙洛兒，相對地芙洛兒也負擔風險。她覺得這樣的關係才能夠與密爾頓站在對等地位，否則就太卑鄙了。

不，不止卑鄙，芙洛兒甚至覺得卑劣。

芙洛兒的前夫正是卑劣的化身，而他也招來了許多不幸。不需要這麼做，也能夠拚命追求利益才對。

芙洛兒一直抱持這樣的想法。

或許這樣的想法太天真。

但是，如果找到真的值得相信的對象，就不會是太天真的想法。

芙洛兒向歐拉這麼做了說明，也以「她本來就沒打算讓自己虧損，所以這個約定不會有任何問題才對」為理由說服歐拉。

原本一直凝視著芙洛兒的歐拉閉上眼睛，然後用力嘆了口氣。

歐拉讓步了。

芙洛兒也放鬆肩膀的力量，並恢復了笑臉。

「那麼，我沒有其他該說的話了。接下來能做的，就只有祈求神明讓交易順利進行而已。」

收拾好紙束後，歐拉伸手拿起小麥麵包，那是貝托菈以她不變的才華便宜買來的小麥麵包。

「就算沒有向神明祈求，也一定會順利進行。」

有了歐拉的保證，加上親眼見識過密爾頓的流利口才，根本就不需要祈求神明。

這麼想著的芙洛兒心情大好地拿起湯匙準備喝湯時，聽到歐拉又咳了一聲。

「請您不要掉以輕心，做生意不知道什麼時候會發生什麼事情。就算我們沒做任何壞事，也可能因為，好比說，貨物因為船隻遇難而無法送達，或一切平安地把服裝採買進來，卻在準備前往銷售的途中被山賊搶去。」

歐拉的話語毫不留情地往芙洛兒身上潑冷水。

她臉上頓時從笑臉轉為不悅表情喝著湯，而會有這樣的反應，是因為歐拉的話語確實指出了重點。

歐拉指出的可能性確實不容忽視，也不應該忽視。

話雖這麼說，如果一直害怕發生這些可能性，不就什麼事情都無法進行了嗎？

「不過，顧慮風險是幕後人員的工作。如果大小姐也像我這樣煩惱東又煩惱西，原本能夠順利進行的事情也會進行不了。」

芙洛兒不禁覺得喝不出湯的味道，因為她知道歐拉是顧慮到她的感受才這麼說。

對於歐拉指出重點的話語，雖然聽了會生氣，但芙洛兒知道歐拉指出的重點完全正確，也知道自己如果對歐拉擺臭臉，根本是搞錯了對象。

不過，她抬起頭一看，發現歐拉目光看向遠方，並露出苦笑。

芙洛兒非常清楚歐拉露出這般表情時，在視線前方看見了什麼。

在歐拉視線前方的是芙洛兒的前夫，也就是歐拉的前老闆。

「我的前老闆也是一位不顧後果行動的人。不對，他確實以他的方式做過徹底計算，並且看見了我們這種人根本看不見的什麼存在……畢竟事實上，我的擔憂不知道有多少次最後都只是我庸人自擾。世上確實有所謂的天才，但站在前頭勇往直前的人，與跟隨在這些人後方才能夠發揮才華的人之間，有著某種明顯的差距。就這點來說，大小姐算是屬於……」

歐拉把視線從遙遠的過往記憶，拉回眼前的芙洛兒，然後接續說：

「前者吧。」

歐拉時而會說出捉弄人或開玩笑的話語，但這次不是。

芙洛兒放下湯匙，擦了擦嘴巴後，為了掩飾難為情而露出靦腆笑容。

「被人當面這麼說，還真有些難為情。而且，你這樣說我，小心我會得寸進尺。」

「既然您有這般自覺，就沒什麼好擔心了。顧慮風險是我的工作，提醒您也是我的工作之一。當然了，還有貝托菈也會在旁邊提醒您。」

貝托菈像個傭人的典範，表現出對主人們的對話完全不感興趣的態度。

與其說不感興趣，貝托菈肯定純粹是被等會兒要做的家事占滿了思緒。

住在宅邸時，各種家事是由多名傭人分擔，但來到這裡後，貝托菈必須一手包辦所有家事。

貝托菈聽到歐拉的話語而回過神來後，臉頰微微泛紅地深深低下頭。她肯定以為自己挨了罵。

「讓我第二痛苦的事情，是挨貝托菈的罵。」

芙洛兒一邊輕輕笑笑，一邊看著貝托菈說道，她看見貝托菈一副不知道怎麼了的模樣。

「那麼，最痛苦的事情呢？」

然後，芙洛兒這麼回答歐拉的詢問：

「最痛苦的事情，是把貝托菈惹哭。」

儘管驚訝地瞪大雙眼，貝托菈似乎還是大概理解了自己被放在什麼話題上討論。她用手按住泛紅的臉頰說：「請別開我玩笑了。」

以可靠程度來說，貝托菈的表現比芙洛兒成熟好幾倍，芙洛兒卻因為覺得貝托菈可愛，而忍不住笑了出來。

「看來，好像沒有我出場的機會。」

「說不定你會出現在最高興的事情中喔。」

老商人一副表示投降的模樣舉高手說：

「願神庇佑！」

夜色靜靜地逐漸加深。

船隻往來頻繁。

昨天才剛長途跋涉駛進港口，只稍稍做了修補及補給工作後，明天就急著出航，可見其往來之頻繁。

不僅如此，能夠為船員及船隻祈禱安全的聖職者人數也相當有限。

如果沒趕上這班船，下次必須隔一個月以上才能夠再做生意；像這類的情形，似乎是很稀鬆平常的事情。

與密爾頓討論完事情只隔了一天，芙洛兒便在今天正午剛過的時間，與密爾頓一同坐在瓊斯商行的書桌前。

不過，代表商行簽約的漢斯並不在現場。

透過漢斯與商行簽約之前，芙洛兒與密爾頓之間必須先簽訂另一份合約。

「你看一下這個。」

那是事前請歐拉檢查過，謹慎地連文章語法也做了修改的合約。

除非密爾頓是跑腿的小伙子，否則應該一眼就能看出是什麼。

貴族之間如果簽訂合約，不是被解讀成不信任對方，就可能被解讀成在侮辱對方。

芙洛兒不禁覺得心臟揪了一下，而她知道一定不是自己多心。

密爾頓接過芙洛兒遞出的紙張後，忽然抬起頭看向芙洛兒。芙洛兒縮起肩膀，腦中閃過密爾頓生氣的模樣。

然而，別說是生氣，密爾頓甚至露出感到安心的表情笑了出來。

「這樣我就能夠安心了。」

因為掌握不到密爾頓的意思，芙洛兒竟然少根筋地反問說：

「安……心？」

「是的。我本來在想，妳該不會真的只打算做口頭上的約定……我當然不是不信任妳。因為是妳要把比性命更重要的資金借給我。這麼重要的錢如果只是靠著口頭上的約定借給我……」

密爾頓拍了一下插在腰上的短劍，以開玩笑的口吻接續說：

「我就必須像騎士一樣拚命。」

聽到密爾頓的話語後，芙洛兒才忽然明白密爾頓的心態。

有別於貴族與騎士之間的關係，做生意時必須把彼此的責任明確化，再討論利益與損失。

即使這方給予對方無限信任，對方也可能只會帶來極少利益給這方。

那利益少得甚至會讓人覺得不舒服。

所謂的生意，並非因為給予很大的信任，就一定能夠得到與其相稱的回禮。

如果是騎士，能夠拚了命去做。

商人就不行了。

「不過，我當然也會覺得很開心。沒有一個商人被人信任，還會不開心。而且，看到這個數字……我又得不顧一切地拚命了。」

密爾頓明明不過是說出交易上的數字，芙洛兒卻不禁臉頰微微泛紅。

信任對方的程度就算被直接解讀成好感，也沒什麼好奇怪。

不過，這裡是商行的一間小房間。

芙洛兒挑選字眼開口說：

「我聽上過戰場好幾次的老騎士說過，當戰場上沒有一絲不安時，就能夠發揮所有力量。」

「而且，信賴也能夠消除不安。」

密爾頓只讓目光掃過紙張一遍後，便在紙張最後簽了名。

這份合約的條件雖好，但視狀況而定，密爾頓也可能負債。

「那麼，接下來應該換我來幫妳消除不安。我會卯足勁地賣東西。」

芙洛兒曾聽過前夫在房間裡怒吼時說出這樣的字眼。

給我卯足勁地賣東西！卯足勁地買東西！

芙洛兒現在不再覺得這樣的字眼顯得低俗。

這字眼聽起來就像戰場上轟隆響起的馬蹄聲。

「那麼，開始採買的工作吧。」

芙洛兒接在密爾頓之後簽了名後，敲響書桌上的小鈴鐺，把漢斯叫回了房間。

「魯比克生產的各色薄毛織物，所有款式共二十二件。由伊林的工匠公會編織染色，並且蓋了印的麻織物縫製出來的各色衣服共二十件。還有，四件克娃福爾的銀製飾品……」

漢斯一項一項緩緩讀出由密爾頓列出、芙洛兒寫在紙上的商品目錄。

因為漢斯依舊是面無表情，所以完全看不出他對這份商品目錄抱有什麼樣的感想。

但不知為何，芙洛兒就是覺得漢斯應該抱有好感。

不過，不管漢斯的感想如何，芙洛兒兩人純粹是透過漢斯服務的商行採買商品而已，就算商品再怎麼離奇，也不會有問題。

漢斯重新看過一遍寫在目錄上的商品與數量，以及顏色或價格等細節後，先揉了揉眉頭，再看向密爾頓說：

「我不確定能不能湊到二十件魯比克生產的商品。魯比克生產的毛織物現在非常受歡迎。產能上是沒有什麼問題，但工匠們抓住我們的弱點，正打算漲價。應該只能夠入手十到十五件吧。如果兩位不惜成本也要蒐購到的話，我就照著這個數量下單。」

當然了，購買金額越大，漢斯他們這些負責仲介的商行就能夠得到越大的利益。

而且，商品來源是在無法立刻確認狀況的對岸，所以根本無法得知漢斯的發言是真是假。

然而，密爾頓毫不遲疑地當場回答說：

「價格不能改。請在這個價格買得到的範圍內，盡可能地蒐購商品。」

「我明白了。」

漢斯直接在紙上寫下注意事項後，接著討論下一種商品。

「關於伊林的商品，如果是這個顏色應該沒問題吧。就算加上公會的蓋印費，我想這價格也採買得到。至於克娃福爾的銀製飾品……任何一家工作坊做的飾品都可以嗎？」

「無所謂。不過，我要鑲上珍珠和珊瑚的東西。」

聽到密爾頓的回答，漢斯第一次露出揚起一邊眉毛的表情。

「原來如此……那地方的琥珀已經不流行了啊。」

「我沒這麼說。」

兩人別有含意的互動看起來像在互鬥，又像是很要好的樣子。

芙洛兒不禁有種近似疏遠感的感覺，與其說是因為她的交涉技術不足，這種感覺更像小時候男孩們在她面前低聲說著男孩才懂的秘密。

「我明白了。我們會盡最大努力採買這些商品回來。那麼，請兩位在這裡簽名。」

漢斯發出「咚」的一聲把商品目錄放在書桌上，並指向紙張下方的位置。

這動作的意思是要以商品目錄取代合約書。

看見密爾頓看向自己，芙洛兒輕輕點了點頭。

密爾頓接過羽毛筆先簽上名字後，起身讓座給芙洛兒。

「請再確認一次商品名稱。」

漢斯一邊在書桌旁等候，一邊簡短地說道。

畢竟是採買來自對岸的商品，發現內容有誤時想要挽救並非那麼容易。尤其是描述顏色有很多拼法相似的單字，萬一拼寫錯了，那可是大事一樁。

所以，在記載了商品及注意事項的紙張上簽名，能夠為芙洛兒兩人形成一道防衛線，也能夠為漢斯他們形成一道防衛線。

沒有什麼事情比跟人爭論個沒完沒了更丟臉了。

一直以來芙洛兒只是讓自己記住歐拉這句話，而現在她能夠慢慢體會出這句話的意思。

「這樣就可以了嗎？」

芙洛兒花了一會兒時間不知確認過幾遍後，簽下了芙洛兒・波倫之名。

漢斯看了芙洛兒簽下的名字後，瞥了芙洛兒一眼。

雖然在漢斯面無表情的假面具下看見少許驚訝神色，但芙洛兒也裝出不知情的樣子。

「可以。那麼，最後由我來簽名。在神之名下……」

雖然密爾頓和芙洛兒也很習慣使用羽毛筆，但漢斯使用羽毛筆的熟練程度與兩人有著明顯區隔。

漢斯明明沒有坐在椅子上，而是站著在書桌上的紙張簽名，其筆鋒字體卻比現場任何人都來得穩健且優雅。為了證明是三人簽訂的證書，漢斯在名字下方寫下向神明宣誓的固定句型。

而且，漢斯簽名時的筆鋒顯得優雅，但寫下向神明宣誓的宣言時，筆鋒卻變得莊嚴。

或許漢斯懂得寫出多種筆跡也說不定。

商人們的多才多藝程度實在令人驚訝。

「那麼，這樣本商行就與兩位完成了代替兩位採買這些商品的簽約動作。願神庇佑我們！」

一直以來，芙洛兒都是在歐拉的幫助下做生意，而這是她第一次像這樣與人簽訂書面合約。

漢斯說出這番話後，芙洛兒與密爾頓簽下名字的紙張，將決定兩人的命運。這讓芙洛兒不禁有種彷彿不小心走入回不了頭的道路、近似後悔的感覺。

即便如此，芙洛兒還是緩緩地吸氣，再吐氣。

此刻的緊張感讓芙洛兒覺得舒服。

「拜託您了。」

密爾頓伸出手與漢斯握手。

然後，漢斯朝向芙洛兒伸出了手。芙洛兒雖然感到驚訝，但也坦率地感到高興。她有種輕飄飄的感覺，覺得自己總算成為能夠獨當一面的商人。

「採買動作差不多要花上兩星期左右的時間吧。」

「這麼快？」

芙洛兒這麼詢問後，漢斯一邊輕輕笑笑，一邊點了點頭說：

「如果必須去到每個城鎮一項一項採買這些商品，確實要花上好幾年才能夠採買齊全。不過，這上面列出來的商品之所以這麼受歡迎，是因為也很容易採買。以這些商品的容易採買程度來說，只要找出聚集來自各地的大量商品、被視為貿易要塞的城鎮，就一定找得到。所以，我才會說兩星期。當然了，如果船隻延遲，就沒辦法這麼快了。」

等待墨水乾了後，漢斯小心翼翼地捲起簽了名的紙張，並收進書桌的抽屜裡。

雖然感到訝異，但芙洛兒心想，或許透過商行交易就是這麼回事吧。

重要的是，列在紙上的內容沒有任何會被人利用之處。商行只要照著紙張所記載的商品採買就好了，而且如果沒有採買，也能夠提出抗議。

這麼改變想法後，芙洛兒看向排列在牆壁上的架子，以掩飾自己的注意目光。

想到放在房間架子上的無數紙張，一定也是像這樣把某人與某人的交易化為文字，芙洛兒不禁感慨萬千。

芙洛兒只是讓目光稍微掃過架子，就看得出紙張數量驚人。

思考著不知道世上到底有多少交易被進行，她不禁有種暈眩的感覺。

「但願一切能夠進行得順利。」

聽到漢斯看似無意說出的話語，芙洛兒與密爾頓不約而同地以笑臉點了點頭。

芙洛兒來到在漢斯介紹下，第一次與密爾頓見面的立食酒吧，與密爾頓舉杯預祝生意成功。

早上時間港口為了將貨物經由陸路往城外運送而忙成一團。過了中午，就變成忙著從船上卸貨到港口。來到黃昏時分後，則忙於把集中到港口的大量貨物裝上船。

然後，船隻會在隔天一大早駛出港口。

幾十年來，港口一直不厭其煩地重複著這般作業。

芙洛兒今天第一次覺得自己真正能夠融入在這股巨流之中，喝下啤酒後，不禁覺得胸口一陣沁涼。

雖然芙洛兒的話變少，但密爾頓沒有詢問她怎麼了。

密爾頓只是在對面靜靜地微笑著。

採買服裝來銷售。只要銷售服裝的利益夠多，就算利益對分，也能夠分到兩成採買金額的利益。這金額有多大，只要寫下數字計算一下就知道。第一次賺得兩成利益。下一次能夠賺得的利益，是採買金額加上這兩成利益的兩成金額。只要這麼反覆下去，第四次就能夠賺得兩倍，第九次就能夠賺得五倍的利益。假設採買作業能夠在兩星期完成，再花上一星期銷售，一年能夠進行約十七次交易。

想到做了十七次交易後賺到的利益，芙洛兒忍不住笑了出來。因為她想起自己像個小孩子熱衷於遊戲一樣，不停寫出計算利益的數字。

一年後，利益會變成本錢的二十二倍。

現在芙洛兒能夠理解商人們，怎麼有辦法賺到根本不把貴族放在眼裡的利益。商人們肯定每年都賺得到這麼多的利益。要是她說出「做生意真是太容易了」這種話，歐拉肯定又會憤怒地瞪大眼睛。

不過，這筆生意的展望極佳，讓芙洛兒忍不住想要說出這樣的話。她心想，世上真的存在著美好的相遇。

芙洛兒以比平常快上些許的速度喝光了第一杯酒。雖然芙洛兒的酒量不是那麼好，但現在要她喝多少，她都喝得下。

「小心興奮過了頭，會不小心掉進別人設下的陷阱喔。」

密爾頓好不容易開口說話，卻是說出這般話語，可見芙洛兒有多麼興奮。密爾頓說出這句話時，芙洛兒正好剛剛加點了第二杯酒，她顯得難為情地放下朝向店老闆舉高的手。

如果這句話是從歐拉口中說出，芙洛兒肯定會不高興，但現在她臉上浮現了靦腆笑容。

「不過，雖然我這麼說，昨晚我自己也是在半夜醒來，然後賴著燭光在思考利潤。」

「你是說第一次賺兩成，第四次就變成兩倍？」

聽到芙洛兒的話語後，密爾頓露出驚訝的表情。

然後，密爾頓笑了笑，並立刻喝了口酒來掩飾驚訝。

「這當然也算過，但是我沒去想過事情會發展得這麼順利。」

「你的意思是……瓊斯商行會使壞心眼？還是負債的部分讓你掛心？」

密爾頓先眺望在港口不停忙碌勞動著的工人們，然後看向芙洛兒說：

「也有可能得不到妳的信任。」

「……那，我會把這點也加上。」

芙洛兒心想，如果不是在這般喧囂之中，感覺一定會更好。

然而，正因為芙洛兒與密爾頓兩人一同墮落到這種地方，才有今天的互動。

「或許是我自己單方面的想法，我總覺得商行是更卑鄙的地方。」

這次與上回不同，桌上不再只有豆子，還多了烤羊肉。密爾頓帶著自嘲意味地笑笑後，用刀子刺起羊肉。

「經常有人會批評……說商行那些人只要能夠賺到錢，似乎怎樣都好。」

「……有時候他們也會讓人覺得不爽。」

上次見面時，密爾頓為了掩飾苦笑而咬了豆子。

而羊肉似乎沒有這樣的功效。

「我也有過這樣的想法。我以為他們會提出更麻煩的條件，像是酌收貴得驚人的手續費，或故意在合約上挑毛病之類的。沒想到他們會這麼乾脆。像瓊斯商行規模這麼大的商行，或許不得不注重體面吧。」

「如果是這樣，生意做起來就會更輕鬆，是這意思嗎？」

聽到芙洛兒的話語後，密爾頓微微傾著頭。

他的舉動不是在否定，也不是感到疑問。

而是不討厭聽到這種發言。

「當然了，妳給我的條件更是好到讓人無法相信。」

聽到密爾頓以開玩笑的口吻說道，芙洛兒做作地別過臉去。

兩人互相沉默了好一會兒後，一副忍不住的模樣不約而同地笑了出來。

然後，如漣漪般笑過一陣又一陣後，總能夠讓人覺得心靈受到洗滌。

「以後請多多指教。」

說著，密爾頓伸出了手。

芙洛兒當然知道密爾頓口中的「以後」，並非只指這次的交易。

雖然聽見歐拉的忠告在耳邊響起，芙洛兒還是認為正因為這是一場美好的相遇，所以更應該好好珍惜。努力賺錢，越賺越多，最後……

而且，想要知道商人們所追求，並期待看見的盡頭到底有什麼存在，比起獨自尋求，不如兩人一同尋求肯定會愉快得多。以一同尋求的伴侶來說，密爾頓算是不錯的人選。

雖然芙洛兒根本不記得了，但她與密爾頓真正第一次見面是在晚餐會上。這次跟在晚餐會上不同，芙洛兒牢牢握住了密爾頓伸出的手。

以前，雖然芙洛兒只是輕輕觸碰對方的手而已，回到家時卻握得手都疼了。

不過，現在她不會再隨隨便便與人握手了。

芙洛兒只與能夠信任的對象，以及能夠讓她賺錢的對象握手。既然如此，她當然要牢牢用力握緊密爾頓的手。

離開宅邸後第一次靠自己的雙腳走路時，芙洛兒驚訝地發現地面竟是如此堅硬，而這次也一樣。第一次用力與人握手後，她才發現對方的手有種難以形容的硬實感。

密爾頓臉上一直掛著淡淡的微笑，直直凝視著芙洛兒。雖然芙洛兒也凝視著密爾頓，但這裡並非鋪上白布的餐桌。花了足夠時間握手後，芙洛兒咧嘴一笑，並把視線移向酒杯。

「商人一定會這麼做。」

聽到芙洛兒的話語後，密爾頓沒忘記裝出感到可惜的模樣。

芙洛兒心想，他一定會是個好搭檔。

看見他舉高酒杯，芙洛兒也舉起酒杯敲響對方的酒杯。

這天晚上，芙洛兒趁著用餐時向歐拉報告簽約過程。

芙洛兒說明了大約需要花費多久的採買時間、漢斯提示的手續費，也沒忘記補充說明漢斯無意說出的感想。

歐拉一直閉著眼睛聆聽，最後睜開眼睛，並緩緩展露笑臉說：

「但願一切能夠進行得順利。」

聽到歐拉說出與漢斯一模一樣的發言，令芙洛兒忍不住笑了出來。芙洛兒心想，似乎累積了某程度經驗的商人都很喜歡這句台詞。或許是這句台詞充滿期待，又不會太樂觀，才這麼討喜也說不定。

目前還只是下訂單做了採買動作而已，等貨物送達後，還有銷售工作必須做。

但是，這天晚上芙洛兒用餐用得愉快，也許久不曾感覺如此心胸開懷。

事後回想起來，芙洛兒才發現這天是她的命運分歧點。

向歐拉說明簽約狀況時，如果也說出那件事情就好了。

現在後悔也無濟於事。

商人絕非聖人。

兩星期後，芙洛兒切身體會到了這個事實。

這兩星期的時間，芙洛兒忙著做一些不需要本金的幫手工作。

只要擁有某程度的可信度以及方向感，城鎮及深山裡多的是希望雇用人幫忙搬運貨物的雇主。

芙洛兒有時會把毛織物送到遠方的水車小屋進行氈縮處理，回程則是幫忙傳送村民們寫給城鎮商人的聯絡書信。

雖然這些都是不會失敗且穩定的工作，但只能賺得到與勞力相符的利益。

芙洛兒滿腦子都想著採買服裝的事情。
因為她一直有種想法。
她想著如果服裝生意進行得順利，就不需要再做這種當人幫手的細碎工作。
至於密爾頓，則是為了查出貴族們的荷包飽滿程度和流行趨勢，忙著逮住時而來到城鎮的傭人們以收集情報。
下來城鎮居住後，芙洛兒才知道原來遠離城鎮的宅邸內部情報本身，就具有價值。芙洛兒也得知來到城鎮採買物品的傭人們，會四處說出宅邸內部的狀況或謠言，並以現金收取代價的事實。
芙洛兒向貝托菈確認這個事實時，貝托菈一副尷尬模樣別開了臉。
她似乎也做過不止一次這樣的行為。
芙洛兒抱著「該不會也是吧」的想法詢問歐拉後，才知道當初就是傭人把波倫家陷入窘境的情報告訴歐拉服務過的商行，也就是芙洛兒前夫所掌管的商行。聽說那名傭人得到了一大筆錢。
芙洛兒的前夫來到宅邸提出結婚請求的幾天前，有名女僕離開了宅邸，想必就是那名女僕提供了情報。
事到如今芙洛兒並不怨恨那名女僕，反而還佩服起女僕的精明表現。
她心想，原來眼力好的人處處可見。

「大小姐。」

芙洛兒正吃著放了大量乳酪的燉肉料理當午餐時，原本忙著接應來訪者的貝托菈一回來，立刻這麼呼喚。

她手上拿著一封信。

芙洛兒看向歐拉後，看見歐拉點了點頭。

「謝謝。」

從貝托菈手中接過信後，芙洛兒拆開只上了少許紅色蠟封的信封。

信上寫著漢斯的簽名，以及告知裝了貨物的船隻已平安抵達的內容。

芙洛兒立刻闔上信紙並收進懷裡，然後站起身子。

歐拉總是百般叮嚀芙洛兒絕對要吃完飯，但這時候也表示了默認。

向貝托菈道歉後，芙洛兒抓起外套和頭巾說：

「我去賺大錢了。」

雖然看見貝托菈瞪大了眼睛，歐拉則是一副感到疲憊的模樣嘆了口氣，但芙洛兒沒有多理會地披上外套，並纏上頭巾走出家門。

她準備前往出租一間房間給密爾頓的工匠工作坊。

聽說密爾頓還不太懂得家世和身分之差時，與他感情要好的傭人以工匠身分在該工作坊工作，那名傭人知道密爾頓沒地方住後，便介紹密爾頓住進該工作坊。

世上有許多事物都是靠著人際關係在運作。

這也是歐拉語錄之一。現在芙洛兒也能夠慢慢體會出這句話的意思。

「抱歉。請問波斯頓先生在嗎？」

芙洛兒自覺最近壓低音調學男生說話，也學得越來越像樣了。

一名工匠趴在細長型工作桌上，敲打著延展開來的皮革，他一臉呆然地看著芙洛兒。

芙洛兒又詢問了一次後，工匠似乎總算明白了她想找的人是密爾頓。

「喔，密爾頓先生正好回來吃午飯。他在四樓，從那邊的樓梯爬上去。」

「謝謝。」

道謝時要說得清晰，但是簡短。

年輕工匠立刻咧嘴露出親切的笑容。

芙洛兒是在經常進出負責氈縮處理的水車小屋時，學會讓工匠喜歡自己的方法。

因為採取利用水位落差而轉動水車的構造，所以工作坊的階梯又窄又陡。芙洛兒一下子就習慣如何衝上階梯。

開始做生意的這短短期間賺的錢雖少，但芙洛兒學會了很多東西。

她衝上階梯，一鼓作氣地爬到四樓。

爬上四樓後，不禁感到有些訝異。因為芙洛兒以為爬完階梯後，會看見走廊和房門，可以讓她先喘口氣。

倘若興奮地衝上階梯，還喘得上氣不接下氣，未免太丟人了。

明明害怕丟人，芙洛兒卻在爬完階梯並準備繞過扶手的那個瞬間，看見密爾頓一副感到無趣的模樣吃著麵包。

「……你好。」

密爾頓吞下麵包後，依舊面帶驚訝表情地這麼說。

芙洛兒試圖立刻做出回應，但就是說不出話來。

她急忙從懷裡拿出信件。

「這個。」

然後，芙洛兒總算說出這麼簡短一句。

不過，真正重要的事情不需要太多言語，也能夠溝通。

密爾頓從椅子上站起來，衝向芙洛兒說：

「船到了？」

芙洛兒點了點頭後，密爾頓也慌慌張張地抓起了外套。

兩人穿過被人群與馬匹擠得水泄不通的港口，並飛奔進入瓊斯商行。

這是芙洛兒生來第一次真的覺得自己的動作能夠用「飛奔」來形容。

就連看見商行職員停下手邊工作，然後睜大眼睛看向這方，芙洛兒也不在意。

「漢斯先生在嗎？」

聽到密爾頓的詢問後，正忙著與人商談或忙著盤點庫存的商行職員，一起指向商行最裡面。

稍微點點頭示意後，芙洛兒與密爾頓兩人朝向最裡面衝去。

因為踏上富豪之路的第一步，就在那裡等著兩人。

儘管壓抑著興奮心情，密爾頓還是放大嗓門喊了漢斯的名字。因為他看見漢斯正好帶著人從房間裡面走出來。

「漢斯先生！」

漢斯一邊看著手邊的羊皮紙束，一邊走出房間，朝向這方一瞥後，隨即把紙束交給隨從，並交代了一些事情。

或許是在進行大交易，芙洛兒感覺得到前方散發出緊張氣氛，但這與芙洛兒無關。漢斯目送隨從壓低身子朝向走廊另一端小跑步而去後，總算回頭看向這方說：

「貨物是吧？已經送到了。」

漢斯露出顯得再刻意不過的生意人笑臉，並動作明顯地在身體前方握住雙手。

芙洛兒猜想這應該是商行人員特有的開玩笑方式，於是朝向密爾頓露出顯得不自然的笑容，結果看見密爾頓也露出相似笑容。

芙洛兒心想，原來不只有我一人覺得緊張。

「兩位訂購的商品已經平安無事地完成了卸貨動作。雖然差點因為風向的關係延遲，但或許是本商行的名聲鼎沸，所以度過了難關。」

看見漢斯面帶笑容說出吹噓話語，芙洛兒雖然回以笑臉，內心卻不禁有些焦躁。

或許是察覺到芙洛兒的心情，也可能是同樣感到焦躁，密爾頓先說了聲「那個」，然後單刀直入地詢問說：

「今天有可能拿到我們採買的商品嗎？」

做生意講求的是速度。

漢斯一副彷彿在說「我能夠了解兩位的心情」似的模樣，從容不迫地點了點頭後，指向最裡面說：

「商品放在後面的卸貨場保管。我剛剛已經吩咐屬下去拿訂單，還要請兩位確認現貨是否與訂購商品相符。」

漢斯方才似乎就是交代了這件事情給隨從，其應對相當有效率。歐拉一直反覆叮嚀，取貨前一定要先確認。因為如果在取貨後才抱怨，只會是在放馬後炮。

在漢斯的帶路下，先是密爾頓，接著是芙洛兒跟在後頭在走廊前進。走廊上張貼了以華麗刺繡做成的巨型海圖以及人物畫，可窺見瓊斯商行的光榮軌跡。

途中穿過的其他走廊上，以及房門敞開的房間裡，可看見桶子、木箱以及大型陶壺等容器，清清楚楚說出瓊斯商行是海洋與陸地的結合點。通往後門的狹窄走廊上擠滿了人，忙上忙下地到處走動，就連在瓊斯商行地位不算低的漢斯，也必須側著身走路。

走廊上，可看見小伙子、年輕商人，或是全身肌肉發達的壯男穿梭其中。

穿出狹窄走廊，來到卸貨場後，首先感受到小麥香味撲鼻而來。小麥香味或許是來自利用春天融雪水磨成的小麥粉，整個卸貨場變得白茫茫一片。卸貨場上，卸貨工人們抱著能夠輕鬆裝進一個大人的麻袋，上半身沾滿汗水和麥粉工作著。

芙洛兒兩人被帶到卸貨場的一個角落，那裡排列著尚未覆蓋上一層白粉的木箱和桶子，說出這些貨物剛剛搬來沒多久。

方才那位隨從已經在貨物前方守候，看見漢斯出現後，隨從迅速遞出夾在其腋下被捲起的羊皮紙。

或許是準備用來打開木箱，隨從身旁立著帶鉤的鐵棍。

「全放在同個箱子裡？」

漢斯詢問了隨從。隨從是一名目光犀利、動作敏捷的年輕人，感覺就像正在體驗漢斯曾經分享過的辛苦談。

年輕隨從沉默地點點頭後，立刻拿起立在身旁的鐵棍。

「那麼，我們現在要打開木箱，有問題嗎？」

漢斯的話語是在確認打開木箱的動作沒有違法。

對芙洛兒與密爾頓這兩個前貴族來說，這是他們曾經以為自己一輩子都不會聽到的話語。

密爾頓代表點了點頭後，漢斯隨即發出指示。

鉤住放在最前方的木箱蓋子，年輕隨從輕輕使力後，箱蓋隨之彎曲變形並打開一小縫。這時，年輕隨從先拿開鐵棍，接著拿起掛在腰上、形狀與鐵棍相同的小一號工具拔起釘子。

「畢竟這箱蓋和釘子都還可以使用。有時候我們想要表現生意好的一面，也會反過來破壞箱蓋和釘子。」

聽到漢斯的話語後，芙洛兒兩人只是點了點頭。商行人員看似無意的行動似乎都有著其用意。

年輕隨從有技巧地拔出釘子，並拿起完好如初的箱蓋後，便退到一旁，動作誇張地表示自己沒有觸摸過箱內的物品。

漢斯咳了一聲後，以奉上贈品似的動作遞出捲起的訂單。芙洛兒接過訂單後，密爾頓以眼神表示贊同，並往前踏出一步。這是大交易的第一步。
為了加入讓商人們拚命前進的競爭遊戲，這是第一筆交易。
密爾頓看向箱內。
然後——
「咦？」
發出如此簡短一聲的不是密爾頓，而是芙洛兒。
看向箱內後，密爾頓一副彷彿看了不該看的東西似的模樣挺起身子，然後轉身看向芙洛兒。
他的臉色一片鐵青。
然而，密爾頓沒有開口說話，而是再看了一眼箱內。接著轉身看向芙洛兒時，抽走了芙洛兒手中的訂單。
「這是怎麼回事？」
密爾頓的聲音像發自地底深處般低沉。
看見密爾頓這般露骨的憤怒表現，芙洛兒不禁縮起身子。
如果密爾頓的視線前方是看著芙洛兒，她或許會嚇得當場癱倒在地。
「什麼怎麼回事呢？」
「少在那邊裝蒜！」

密爾頓氣勢洶洶地說道，感覺散落在地板上的小麥粉塵就快飛了起來。

卸貨工人們個個動作粗魯，商人們個個著急不已。

就算有人發出輕微的怒吼聲，也根本不會有人注意，但密爾頓的怒吼聲還是立刻吸引了卸貨場上所有人的目光和耳朵。

「我怎麼會裝蒜呢……」

即使在這般氣氛之中，漢斯還是沒有保持不變表情。不僅如此，漢斯甚至以有些瞧不起人的態度在安撫密爾頓。

「我……我怎麼可能下這麼離譜的訂單！」

因為太過憤怒，使得密爾頓說不出話來。他緊握在手中的羊皮紙發出吱吱聲響。

「離譜的訂單？不，我在此向神明發誓，我們沒有犯任何錯誤。我們確實依照您訂購的數量，採買了您訂購的商品。」

聽到漢斯獻殷勤的回答，全身血液衝上腦門的密爾頓似乎也察覺到事有蹊蹺。

密爾頓似乎想起手中握著訂單，他張開因為用力過度而變得僵硬的手，然後確認起訂單上記載的內容。

在這之間，芙洛兒向前踏出兩步，探頭看向密爾頓確認過的木箱。

木箱裡只看見一片黑暗。

不是一片黑暗。

木箱裡裝了淨是以黑色為基礎色調的服裝。

就像在暗示芙洛兒兩人的未來一樣。

「這……太離譜了……」

「我們完全照著訂購內容採買了商品。」

「說什麼蠢話！」

怒吼聲因為喉嚨縮緊而變得沙啞。

密爾頓掉落手中的訂單，然後轉動視線看向漢斯。漢斯完全沒有退縮。就在密爾頓忽然踏出一步的瞬間，方才那名年輕隨從架起短劍擋在兩人之間。

「貴族大人們似乎一下子就會吵著要決鬥……但很遺憾地，我們是商人。紙上寫的約定代表了一切。對於這點，您不是也有充分的理解嗎？」

漢斯的目光冷漠，嘴角甚至浮現淡淡笑意。

芙洛兒把視線看向掉落在密爾頓腳邊的訂單。

訂單上有芙洛兒兩人的簽名，還有兩人列出的各種訂購商品。

兩人挑選的每一種商品都是亮麗的顏色和花樣，肯定非常適合在風和日麗的春天穿著。

怎麼現在會變成一堆黑衣？

芙洛兒屈膝撿起紙張，重新看了一次訂單。芙洛兒感覺到一陣暈眩而揉了揉眼睛，但暈眩並非偶然。因為芙洛兒看見寫在紙上指定顏色的文字，變成了令人難以置信的文字。

在幾個字母上加上短短一條橫線。只要這麼做，相同顏色的訂購商品就會全部變成黑色的訂購商品。

有可能發生這種事情嗎？

不僅如此，寫上四件銀製飾品的拼寫當中，有兩個字母被加上線條和點，還有一個字母因為墨水暈開而變得模糊。這怎麼看都像是琥珀的拼寫。

芙洛兒眼前忽然一片黑暗，不禁用手按住額頭。商人們的技藝超群超乎人們想像，就是踐踏倫理，他們也不以為意。歐拉之所以那麼留意與密爾頓的合約書每個細節，原來是為了避免發生這般事態。原來合約要刻意使用平常不會使用的單字，並清楚寫出不會有機會拼錯字母的拼寫。

不過，芙洛兒不單單是因為漢斯大膽竄改內容的行為，而感到驚嘆不已。更讓她恐懼的是，漢斯動腦筋的速度之快。

漢斯看見這張訂單的瞬間，想必已發覺能夠竄改內容，所以他臨時決定讓芙洛兒兩人直接在訂單上簽名，就這麼當成合約書。如果真要求安全起見，芙洛兒兩人應該要求另外製作一張複本，但漢斯沒有讓兩人注意到這點的機會。

那時漢斯一副這麼做非常理所當然的模樣，很自然地讓兩人簽名，並收進書桌裡。芙洛兒想起漢斯在最後露出的笑臉。
芙洛兒甚至失去想哭的氣力。
怪物。
商人都是怪物。
「合約簽了就算數。」
漢斯簡短地說道，並舉高手搭著擋在密爾頓前方的年輕隨從肩膀。
「那麼，請支付貨款。」
忠實的僕人為主人遞出了厚重帳簿以及羽毛筆。

蠟燭即將熄滅前的瞬間最耀眼燦爛。
彷彿應驗了這句話似的，原本慷慨激昂的密爾頓變得意氣消沉，從卸貨場搬出貨物的這段時間，一句話也沒說。
雖然不願意求助於瓊斯商行的人，但芙洛兒一人要搬出貨物實在太浪費時間。
芙洛兒請一名卸貨工人幫忙搬運，最後好不容易地把所有貨物裝上一頭騾馬背上。
不過，芙洛兒沒有說出道謝話語，而是給了卸貨工人幾枚銅幣。

「謝謝。」

儘管簡短，對方還是說出道謝話語。

芙洛兒不禁覺得自己似乎也變成了凡事以金錢解決的卑劣商人，一股苦澀滋味在她口中蔓延開來。

然而，如果芙洛兒真是個卑劣商人，就不會遭到這般手法設計，而把幾乎所有財產變成一堆廢物。

沒錯，密爾頓之所以會一直發愣，是因為取到的貨物幾乎是廢物。如果覺得以廢物來形容不好，也可以改口說這些貨物能夠以適當價格賣出，但與芙洛兒支付的金額相比，根本是一堆只能以毫無價值可言的價格賣出的商品。

相對地，瓊斯商行以高價賣出銷路不好，色澤黯淡的服裝，當然賺了一大筆錢。現在只剩下彷彿暗示著未來的黯淡服裝，以及魂不附體的密爾頓。

還有，芙洛兒與密爾頓簽訂的合約書而已。

「……衣服。」

在路上，芙洛兒受不了沉默氣氛而說出這個單字。

雖然密爾頓沒有看向芙洛兒，但芙洛兒知道他的身體變得僵硬。

「不全是黯淡顏色……不是嗎？」

儘管知道這只是一時的安慰話語，但芙洛兒覺得事態還不至於到絕望的地步。
芙洛兒是打算這麼告訴密爾頓，才會說出方才的話語，密爾頓卻回頭先看向在後方緩緩前進的騾馬，再看向芙洛兒，然後揚起嘴角露出疲憊笑容說：
「如同銀製飾品變成了琥珀，希望也變成了廢物。」
「沒……」
沒那麼回事；芙洛兒打算這麼說，卻變得吞吐。
密爾頓臉上浮現笑容。他像在生氣似地笑笑後，搖了搖頭。
或許擅長銷售服裝給貴族們的密爾頓，太了解這些貨物有多麼不值錢吧。
芙洛兒是因為不了解現實，所以還能夠表現出堅強的態度。
「……可以賣到多少？」
芙洛兒心想，總不可能是零吧。
差不多七成，不然就是……
「……」
密爾頓沉默地張開手。
他比出四根手指。
四根手指應該是代表四成的意思。

「有幾件商品或許還有價值，但其餘的真的如同廢物一般……就算品質不會太差，那顏色這麼黯淡，除非要舉辦葬禮，否則根本賣不出去。」

密爾頓保持臉上掛著自暴自棄的笑容說道，其顫抖不停的嘴角顯得醜陋。

芙洛兒覺得彷彿看見臨終前的前夫。

不過，與當時不同之處是，芙洛兒並不怨恨眼前這個男人。

「不過，能夠賣到四成已經很不錯了，不是嗎？只要做四趟交易四次就能夠賺到雙倍利益的生意，就會回本。」

聽到芙洛兒的話語後，密爾頓一臉愕然表情。

然後，他開口想要說些什麼又閉上嘴巴，最後一副無法忍受下去的模樣說：

「太蠢了。」

密爾頓的臉因為焦躁而變得扭曲，那模樣看起來像是無法以言語表達自己的心情。身為聽者的芙洛兒，也無法理解這麼簡短一句代表了什麼意思。

密爾頓似乎還想說些什麼，但最後放棄了。

芙洛兒還來不及搭腔，密爾頓已別過臉往路邊走去。

「密爾……」

芙洛兒就快被城鎮喧囂掩沒的聲音當然無法叫住密爾頓，其身影轉眼間便消失不見。留下了芙洛兒一人，以及被宣告只有採買價格四成價值的貨物。還有，背著這些貨物的騾馬一頭。

比起造成一大筆損失，還有被漢斯騙得團團轉的事實，被密爾頓丟下的事實更教芙洛兒難過。

芙洛兒牽起騾馬的轡繩，步伐蹣跚地踏上回家的路。

回到家時歐拉露出什麼樣的表情，芙洛兒已經記不太得了。

隔天早上，芙洛兒抱著但願一切都是夢的心情，一邊眺望雨中模樣的中庭，一邊走下一樓後，歐拉坐在桌前，頭也沒回地說道。

「完全沒有挽救的方法。」

說完話後，歐拉總算回頭看向這方。儘管屋內顯得昏暗，芙洛兒還是看見了歐拉手上拿著小小玻璃。

歐拉從前服務的商行倒閉時，唯一被他搶救出來的，就是那副小小眼鏡。

想必歐拉是試圖在從漢斯手中拿到的訂單上，設法找出突破點。

芙洛兒往桌上一看，發現燒盡的焦黑蠟燭附著在燭台上。

「完全沒有挽救的方法。對方的手法真是高超。」

歐拉夾雜著嘆息聲的話語，完全沒有憤怒或難以置信的情緒。

單純顯得疲憊的話語，比什麼話語都讓芙洛兒感到內心苛責。

「抱歉。」

因為受不了內心苛責，芙洛兒說出這個昨晚不知說了多少遍的單字。

然而，歐拉只是瞇起眼睛，什麼話也不肯說。

這時，貝托菈正好端著加熱過的羊奶走來，並催促芙洛兒先坐下來。

「以我估算的結果，服裝有五成的價值。不過，波斯頓家少爺的判斷應該比較正確吧。畢竟我也不是那麼了解最近的行情……不過，那些傢伙還真有辦法，能夠把這種衣服放在倉庫放那麼久，讓我都佩服了起來。以前確實有段時期流行過暗色服裝就是了……」

歐拉指向放在桌子旁邊的木箱內容物說道。

除非要舉辦葬禮，否則根本賣不出去；密爾頓的話語在芙洛兒腦中響起。

「不過，幸好大小姐您不是借錢來採買，所以不會被利息追著跑，也不會當場破產。銷路好的衣服應該還是賣得出去，只好把這些衣服換成現金後……再做一陣子賺人工錢的工作。」

聽著歐拉的冷淡話語，芙洛兒頻頻點頭。

貝托菈在她自己雕刻做成的木杯裡，倒了滿滿加入蜂蜜的熱羊奶。

儘管知道自己現在應該做的不是哭泣，也不是道歉，芙洛兒還是抬不了頭。她現在應該抬起頭大聲宣言。

說下次我絕對、絕對不會失敗。

然而，這般不懂得死心、氣勢十足的優秀商人宣言遲遲沒有傳來，只有外頭的雨打聲在屋內空虛地響起。

如同晚餐會上一進一退的拉鋸戰，商人們會先讓對方掉以輕心，以取得信任，然後巧妙地利用這點讓對方掉進陷阱。芙洛兒隱約看見了這般商人們的真實世界。

商人完全無視於人們的心情，只要知道能夠賺錢，就會以最適當的手段，在最佳時機發揮最大效果地付諸行動，而且毫不在意。

不管用了什麼方法賺錢，賺到的同樣都是錢。

如果是歐拉，一定會說出這樣的話語。

而這樣的話語正說出了事實。

「……對不起。」

芙洛兒用兩手握著裝了羊奶的杯子，帶著恨不得自己溺斃在其中的心情嘀咕。

歐拉動也不動。

芙洛兒知道貝托菈打算代替歐拉動作時，歐拉以手勢制止了她。

「請您休息一陣子……貝托菈。」

歐拉呼喚了貝托菈的名字，並要求貝托菈把裝了衣服的木箱搬進倉庫。歐拉自己則表示要去確認漏雨的狀況，然後離席而去。

這樣就剩下了芙洛兒一人。

屋外依舊下著雨，這時獨自靜靜待在屋內甚至會覺得雨聲吵。所以，就算再多一、兩滴水滴聲，也不會有人察覺。

連這般藉口都讓芙洛兒覺得自己沒出息，忍不住抱著杯子哭了起來。她會哭泣是因為不甘心，也覺得自己窩囊，但最大的原因是，想到未來必須跟那些商人做生意，就教她覺得害怕。

芙洛兒覺得自己根本做不來。

她恨不得把這般心情清楚地告訴歐拉與貝托菈。

但如果說了，未來怎麼辦呢？芙洛兒什麼方法也想不出來。她只知道繼續前進是地獄，回頭同樣是地獄。

芙洛兒希望有人來幫助她。只要有人願意幫助她，她什麼都肯做。

芙洛兒呼喚了神明之名。就在那下一秒鐘——

「唔？」

芙洛兒突然抬起頭，但並非因為貝托菈或歐拉回來。

而是因為她聽見了怪聲。

老鼠或小貓在雨天更容易闖進住家，所以芙洛兒猜想可能是小動物的聲音，但一下子又聽見怪聲傳來。

是敲門聲。

有訪客。

「嘖！」

芙洛兒粗魯地用衣袖擦臉，然後拿起放在旁邊的手帕用力擤鼻子。

在這種下雨天，可能來訪的客人相當有限。

這麼一來，只可能想到一個人物。

這個人想必同樣受了傷，也抱著不安心情。

芙洛兒從椅子上站了起來。一個人很難，但兩個人或許就有辦法熬過。

緊緊抓住這般期待的芙洛兒伸手拔出門閂，打開了大門。開門的瞬間水滴撲面而來，芙洛兒忍不住瞇起眼睛。

她以為是自己瞇起眼睛，所以霎時認不出站在門前的人物是誰。

「方便談一下嗎？」

聽到對方這麼說，芙洛兒只知道發愣而沒有回答。

這也不能怪芙洛兒。

因為站在門前的不是密爾頓。

站在門前的是，讓芙洛兒兩人慘遭虧損的始作俑者漢斯本人！

「您決定出資之際，該不會沒有與那位波斯頓先生簽訂合約吧？」

漢斯的說話態度就像毒蛇緩緩捲起獵物般令人不悅。

或許是這份厭惡感給了芙洛兒助力，她像從胃裡吐出東西似的，發出低沉沙啞的聲音說了句：「那又怎樣？」

「波斯頓先生沒有資產。這麼一來，就表示是您提供資金，然後由他負責銷售才對。」

鞣皮做成的頂級雨具潑水效果絕佳。

漢斯如修道士般戴著鞣皮兜帽，並從兜帽底下投來油亮目光。

「……那、那又怎樣？」

芙洛兒說話時聲音變得沙啞且吞吐，一方面是因為漢斯的模樣顯得可怕。

但更大的原因是，芙洛兒完全掌握不到漢斯有何目的。

他拿走了兩人的所有資金，並且把如同廢物的商品賣給兩人，兩人對他應該已經沒有任何用處才對。明明如此，為何漢斯會在這般雨天獨自前來，還提出這樣的話題？

如果要芙洛兒說出真心話，她根本不想再看見漢斯的臉。不僅如此，她甚至不願意出現在漢斯的視野之中。

儘管如此，漢斯卻露出如蛇般不會放過獵物的目光，直直凝視著芙洛兒。

「我不認為兩位決定合作時，您會負起所有風險。您應該也要求了他負擔部分責任才是。是多少呢？十五成？二十成？」

芙洛兒依舊抓著大門的手顫抖了起來，但並非因為寒冷。

她的手因為憤怒而顫抖，並從喉嚨擠出聲音回答說：

「別把我想成跟你們一樣！我不會做那麼卑鄙的事情。」

「那麼，是多少呢？」

面對毫不畏縮的漢斯，芙洛兒不禁因憤怒而感到暈眩。

「五成，因為我相信他。」

芙洛兒勉強保持住理性回答後，漢斯輕輕嘟起嘴巴，並傾頭說：

「那真是糟糕。這麼一來，您應該損失了一大筆才是。」

芙洛兒的忍耐度已經到了極限。

她感覺眼前變得一片火紅，並用力吸氣準備使出全力，把超出忍耐極限的怒氣化為怒吼聲。

在那下一秒鐘，漢斯彷彿算準了所有時間似的逕自往前踏出一步，然後送上話語說：

「可否讓我們以您支付的採買金額，買下您與波斯頓先生的合約？」

芙洛兒腦中突然變得一片空白。

「咦？」

「這種事情很常見，就是所謂的債權讓渡。不管您收不收取利息，波斯頓先生向您借錢都是千真萬確的事實。我想向您買下這個債權，而且是以您不會有任何虧損的價格。」

聽到漢斯詳加解釋的說明，即使腦袋呆滯也能夠輕易地理解意思。

這麼一來，芙洛兒就能夠一個接著一個聯想出漢斯現在有什麼打算，甚至還能夠知道漢斯之前做過什麼打算。

漢斯他們的一切計畫都關係到現在這個動作。

一開始他們就是為了這個目的。

也就是，取得密爾頓的債權。

這麼做是為了用繩子綁住擁有優秀服裝銷售技術的密爾頓。

「要不然我們還可以把價碼抬高一些，畢竟以後的日子您還是要繼續走下去。就靠著您那份天真。」

芙洛兒瞬間甚至有種被人舔了頸部的錯覺。

「您不如乾脆準備好嫁妝，找個人嫁了，如何呢？我會很樂意幫這個忙——」

這是芙洛兒第一次打人。

「……我明白您的意思了。」

漢斯用手擦拭嘴唇，確認嘴上有血後，閉上眼睛幾秒鐘。

「等您墮落到谷底時，再來敲本商行的大門吧。我不會讓您吃虧的。」

漢斯用顯得特別紅潤的舌頭舔了舔嘴上的血，然後帶著粗俗目光說出這般話語。

「那麼，告辭了。」

輕輕轉過身子，再次在雨中走了出去後，漢斯忽然回頭看向芙洛兒接續說：

「您如果改變了主意，歡迎隨時來找我。」

商人。

芙洛兒心中的怒氣早已不知跑哪兒去，只剩下這個單字。

商人。

他們眼裡只看得見利益，那專注度甚至到了無情的地步。

利益的前方到底有什麼存在？

為什麼他們能夠做到這般地步？

芙洛兒一邊目送漢斯以輕快腳步走在無人的雨中街道，一邊發愣地思考這些事情。

想不透為什麼。

商人簡直就是異類。

芙洛兒當場癱倒在地。可能是聽到聲音而趕來，貝托菈發出短短一聲哀鳴後，衝向她身旁。

芙洛兒也記得貝托菈好像呼喚了歐拉，但她只是一直發呆地注視著雨水打在積水處。芙洛兒無法控制住想哭的情緒，在貝托菈的攙扶下好不容易站起來後，搖搖晃晃地往雨中走去。

歐拉一副「發生什麼事了」的模樣來到一樓。原本回過頭看向歐拉的貝托菈，慌張地想要把芙洛兒拉回來。

人們一旦牽扯上損益，就會改變。

芙洛兒走在雨中的街道上。雨勢逐漸轉強之中，她看見奇妙的光景。

這般雨勢之中，竟然有一輛馬車從芙洛兒住處旁的小巷子來到街道上。

駕駛戴著兜帽遮住整張臉到下巴位置，馬車上的貨物卻堆放得草率。

簡直就像匆忙把貨物堆上去一樣。

在那瞬間，芙洛兒拉高嗓門大喊：

「密爾頓!!」

儘管視線因為雨水加上淚水而變得模糊，芙洛兒還是清楚看出駕座上的人物僵住身子。

馬車加快速度在雨中奔去。

「密爾頓！」

芙洛兒大聲喊叫，但第二次之後的呼喚根本沒有喊出聲音。

因為她被從屋內走出來的歐拉反扣住雙手，並且拉進了屋內。

「密爾頓他……密爾頓他……」

儘管像在說夢話似的不停喃喃說話，芙洛兒還是清楚聽見歐拉與貝托菈的對話。

快去倉庫查看！門被敲破了。

放在倉庫裡的衣服幾乎都不見了。

「大小姐。」

當芙洛兒察覺時，歐拉表情認真的面容已近在眼前。

「發生什麼事了？」

歐拉用雙手牢牢夾住芙洛兒的臉，芙洛兒就是想要逃跑或搖頭都不行。

她閉上眼睛祈禱自己能夠暈厥過去。

然而，現實不會改變。

「大小姐！」

芙洛兒像個挨了罵的小孩般一邊哭泣，一邊回答。

歐拉則像個溫柔神父般仔細聆聽。

「瓊斯商行的人來過？那這樣……偷衣服的人就是……」

芙洛兒點了點頭，她心想應該不會是自己會錯意。

密爾頓得知自己與芙洛兒被陷害的當下，一定早就察覺到漢斯的目的。

然後，他肯定一直等待著偷衣服的機會到來。
順利的話，那些服裝能夠賣得五成金額。
既然如此，只要把服裝偷來，然後賣出去，就能夠為自己解決債務。
芙洛兒用力咬緊臼齒，然後閉上了眼睛。密爾頓沒有信任芙洛兒。如果信任芙洛兒，就算欠芙洛兒錢，密爾頓也完全沒有必要偷衣服。芙洛兒壓根兒就沒想過要責怪密爾頓害她虧損，或打算強硬討債，更不可能想過要把債權高價賣給他人。
人們一旦牽扯上損益，就會改變。
芙洛兒希望密爾頓相信她一人不會改變。
然而，密爾頓沒有相信她。
「大小姐。」
聽到歐拉的聲音後，芙洛兒張開了眼睛。這樣的反應跟受過訓練的小狗幾乎沒什麼不同。
或許應該說，芙洛兒有困難時，歐拉的聲音總會帶來支撐她的力量，所以才會張開眼睛。
不過，此刻在芙洛兒眼前的歐拉，沒有露出會帶領她到安全地方的表情。
此刻的歐拉是一名面帶嚴肅表情的老人。
「大小姐，請您做出決定。」
芙洛兒甚至忘了哭泣地反問：

「決……定？」

「是的。請您決定要這樣遭人搾取金錢又偷走商品，被人狠狠踹在地上，弄得滿身泥濘地繼續活下去；還是要靠自己的力量站起來，勇敢前進。」

芙洛兒明白歐拉的意思。

歐拉的意思是，如果要繼續當個商人，就要把服裝討回來。

「大小姐！」

歐拉之所以大聲斥罵，是因為芙洛兒打算別過臉去。

挨了罵的小狗儘管害怕，卻不敢別開視線。

「大小姐。我之所以帶您進到商人的世界，是因為覺得您太可憐了。您的職務就是乖乖待在一個地方，也因為這樣，您只能隨波逐流、任憑自己墮落下去。我想送給大小姐您一個機會，一個能夠讓您自己站起來走下去的機會。」

說罷，歐拉用力做了一次深呼吸，然後搖搖頭接續說：

「不對，我現在掩飾真實想法也不會有幫助。我的真心話是，希望大小姐能夠幫我報仇。」

「……咦？」

「我在大小姐的丈夫底下工作以前，也是在知名商行工作。但是，在那更早以前，我還勉強算是個貴族。」

歐拉的話語使得一切靜止下來，芙洛兒甚至覺得自己的心臟也停止跳動。

「我一心想著總有一天要追過所有商人，以公正的方法讓他們屈服於尊貴血統之下。」

歐拉沒有看著芙洛兒的眼睛說話，那模樣顯得十分蒼老。

「但當我察覺時，已經到了這個歲數。我恐怕已經到不了黃金寶座。那也就算了，沒想到最後連我的主人也走上破產命運。您也知道我沒有小孩，所以……我知道這樣很自私，但我一直想把自己的夢想託付給大小姐。」

歐拉一副像在告白罪行似的痛苦模樣說道。貝托菈把毛毯披在芙洛兒肩上後，也把自己的手輕輕搭在歐拉肩上。

「一切都是因為我的任性。」

面對突如其來的事態，芙洛兒不知道應該如何反應。

芙洛兒眼神飄移不定時，歐拉用力吸了一口氣，然後站起身子。

「貝托菈，去拿一些現金來。還有，外套跟……」

芙洛兒像彈開似地抬起了頭，因為她知道歐拉打算做什麼。

「只要我有一口氣在，就不會讓大小姐吃苦。您可以當做這是我為了把夢想強推給您而在贖罪。」

芙洛兒無法控制自己的臉變成扭曲的哭臉。

如果滿足地接受歐拉這般話語，芙洛兒就真的會變成只需要乖乖待在某處的洋娃娃。

從前還有必須守護的家名，所以當個洋娃娃就算了。

但現在不再需要守護家名，如果不以自己的雙腳站起來，芙洛兒不知道自己到底會變成什麼存在。

想到這裡她不禁感到害怕，而抓住站起身子的歐拉腿部。

芙洛兒無法決定要當個洋娃娃，還是能夠自立的人。但如果兩者都不是，又教她感到害怕。

「大小姐。」

芙洛兒從未聽過歐拉如此溫柔的聲音。

歐拉緩緩蹲下來後，溫柔地抓住芙洛兒的手，一根一根地解開她的手指。

「請您別耍任性。」

然後，歐拉說出識破芙洛兒所有內心想法的話語。芙洛兒聽了，倏地縮回了手。

「……」

歐拉沉默不語地看著芙洛兒，然後嘆了口氣。

在那瞬間，芙洛兒領悟到了一件事實。

她領悟到充滿慈愛的眼神與充滿輕蔑的眼神之間，只隔了薄薄一張紙。

因為朝向對方溫柔地伸出手，就表示認同對方是個什麼都做不了的弱者。

芙洛兒回以大聲怒吼：

「少瞧不起人！」

歐拉連眉毛也沒動過一下。芙洛兒瞪著歐拉，然後站起身子再次大聲怒吼：

「少瞧不起人！我受夠了！我受夠隨波逐流的生活了！你的夢想？你把我當笨蛋啊！我又不是你的小孩！我自己會決定自己的路！因為我已經無家可歸了！」

大喊大叫地放縱怒吼後，芙洛兒瞪著歐拉，肩膀也因為呼吸急促而不停上下擺動。

對芙洛兒來說，方才就那麼抓住歐拉，讓歐拉守護她的選擇比較有吸引力。

但是，芙洛兒也能夠輕易察覺到一件事情。

現在讓歐拉守護或許沒什麼好擔心。

那麼，歐拉死了後呢？

這世間毫無慈悲，人們也不親切，只要牽扯上損益，信用也會變成背叛。

裹著柔軟毛毯一邊曬太陽，一邊午睡的日子不會再回來了。

即便如此，大家還是必須活下去。

「那麼，您打算怎麼做呢？」

歐拉的聲音、眼神以及表情都顯得非常鎮靜。

芙洛兒臉上不由自主地浮現笑容說：

「我要去討回來。」

「討回什麼?」

「討回衣服。不……」

芙洛兒低下頭調整呼吸後，看向歐拉。

「我要討回決心。貝托菈。」

芙洛兒轉身面向貝托菈，並對著不知所措地看著事態演變的貝托菈發出指示：

「把所有現金和我的外套拿來，還有短劍。」

一個優秀的傭人應該忘了自己是誰，而只記得自己是個傭人。

得到指示後，貝托菈立刻恢復平常的模樣點了點頭，並且開始行動。

「大小姐。」

「我說過不要叫我大小姐。」

芙洛兒打斷歐拉的話語後，沒有半點遲疑地瞪視歐拉接續說：

「我要討回來。既然對方是駕駛馬車，只要騎馬就充分趕得上吧。我大概猜得出來密爾頓會去哪裡，通往貴族宅邸的路不多。」

歐拉完全沒有插嘴反駁，眉毛也沒動過一下。

不過，芙洛兒明白歐拉的眼神訴說著什麼。

「這樣好嗎？」

所以，就算聽到這個問題，芙洛兒也不會不明白意思。

「無所謂。我要當一個商人，我要討回這個決心。」

摺疊好的外套上頭放了短劍，以及看得出真的是把所有現金收集起來的零散貨幣。

芙洛兒從貝托菈手中接過這些物品的同時，簡短地道了謝。

「可以的話，我很想躲在被窩裡發抖。然後一邊發抖，一邊相信這無法前進，也無法後退的一切都是夢。可是，你要是死了，我一定會流落街頭。到時候想必貝托菈會先走，接著換我走。」

芙洛兒傾著頭，並帶著挖苦意味地揚起一邊嘴角。

「憑那家瓊斯商行的能耐，如果商品是我，肯定能夠賺一大筆吧。」

貴族血統其實一點也不尊貴。

如果沒有錢，就只有這般程度的價值而已。

「既然這樣，我只能繼續前進。而且，我知道的。」

「您知道……什麼呢？」

「我知道什麼都不信、連心靈上的平靜也拿來換金錢的商人，對利益前方的存在有所期待。」

歐拉睜大眼睛，並用力壓低下巴。

這麼說或許有些誇大，但歐拉那模樣就像一個父親看見小孩找到不該發現的東西一樣。

芙洛兒一邊獨自笑笑，一邊穿上外套，並將短劍插在腰上。

纏頭巾的動作讓芙洛兒心臟怦怦鼓動，那力道大得甚至讓人發疼。

「如果利益前方有能夠讓人平靜過活的某種存在，我願意去追求。歐拉。」

「是。」

負責教育芙洛兒兼管帳的忠實手下挺直背脊答道。

「我需要你的幫忙，我不會再給你添麻煩了。」

「我明白了。」

「貝托菈。」

芙洛兒在雨中纏起頭巾說：

「我出門了。」

芙洛兒把現金朝向馬店老闆的側臉丟去，租了馬匹往雨中衝去。

如果密爾頓把偷走的衣服賣了出去，芙洛兒與他的關係一定會就此永遠中斷。到時候只會剩下密爾頓認定賣不出去、如同廢物般的服裝，以及大筆損失。芙洛兒必須逮住密爾頓，先討回衣服後，再討論應該如何處置。

芙洛兒目前也只能這麼做。

不管怎樣，現在最應該優先的是，追上密爾頓把衣服討回來。

「歐拉，短劍呢!?」

儘管說話聲就快被雨聲及馬蹄聲掩沒，芙洛兒還是大叫問道。

當然了，芙洛兒並非單純在詢問歐拉是否帶了短劍。

「您發現時，對方只有一人，不是嗎?如果是這樣，那就沒問題!」

芙洛兒的前夫是個行事殘暴的商人。

他肯定碰過不只一次或兩次的打鬥場面。

為前夫這種人工作的帳房，應該會比隨便找來的流氓更加可靠才對。

「比起這個，走這條路真的沒錯嗎!?」

「密爾頓每次提起的大概都是那幾個貴族!我不認為在這麼慌張之下，他會去找沒有交易過的地方賣衣服!既然這樣，就只可能是這條路!」

路面滿是泥濘，馬兒好幾次都險些失去平衡。

雖說知道如何騎馬，但芙洛兒只學過基本技巧，頂多只會騎著馬悠哉地搬運貨物而已。

然而，芙洛兒以幾乎緊貼在馬背上的姿勢騎著馬。對她來說，韁繩的控制根本毫無關係，她只是抱著直接祈求馬兒的心情，忘我地在雨中奔跑。

芙洛兒內心感受到的不是憤怒，也不是怨恨。

那麼，是什麼呢？

芙洛兒如此自問，並找出答案。

她心想，答案應該是寂寞吧。

肯定是深不見底的寂寞。

「大小姐！」

可能是雨水沖刷，使得道路坍方。

前方出現一個大坑洞，馬兒在就快掉進坑洞的地方差點失足。

芙洛兒之所以能夠閃過坑洞，並非因為技術了得，而純粹是因為幸運。

馬兒在空中飛起時，緊貼在馬背上的芙洛兒看見了一堆彷彿通往地獄入口似的泥濘。

「大小姐！」

馬兒停下腳步後，芙洛兒拚命地掙扎，試圖挺起幾乎就快從馬背上滑落的身體。

難為情加上不甘心的情緒交雜，使得芙洛兒聽到這平常的稱呼後，更加不悅。

「我說過不要——」

芙洛兒抬起頭打算回以怒吼的瞬間，發現歐拉的模樣有異。

「歐拉？」

雨水不停落下，使得視線變得模糊。

路面上滿是泥濘，就是形容這裡是泥沼之中，也不會有人覺得奇怪。

馬兒口中吐出白色氣息，但一下子就被雨水沖散。

在這之中，歐拉停下馬兒不知看向何方。

「大小姐，您看那邊。」

芙洛兒拉動韁繩，讓馬兒朝向歐拉走去。

站到歐拉身旁後，芙洛兒總算理解了一切。

視線不佳、滿是泥濘的雨中道路。

要不是發生了奇蹟，真不知會是何等慘狀。

眼前的情景就是說明沒有發生奇蹟時的範例。

「那就是造成這個坑洞的原因嗎？」

「似乎是這樣沒錯。」

路面上形成的大坑洞看起來，像是被某物刮過的痕跡。就像馬車因為轉彎不及，而一邊發出哀嚎般的嘎吱聲響，一邊刮過路面的痕跡。

芙洛兒走下馬背，然後走近道路邊緣。前方是陡峻坡面，順著坡面稍微往下走就會看見一條小河。小河的河水量因雨水而增加，河水也變成了泥水色。這般小河與山坡之間——有一輛掉了一邊車輪的馬車，還有仰臥著、動也不動的馬兒。

芙洛兒在自家前方看見的那輛馬車，就在小河與山坡之間。

「大小姐。」

芙洛兒不覺得歐拉這聲呼喚有什麼含意。她心想，或許歐拉是覺得這時候如果不搭腔說不過去。

芙洛兒取下頭巾，小心謹慎地走下山坡。

四周只長出少量綠草，所以這般雨勢之中，也能夠立刻看出鞋印。然而，芙洛兒沒看見密爾頓的鞋印。這麼一來，就表示密爾頓可能被捲入意外而暈厥過去，不然就是……

芙洛兒一步再一步地慢慢走近。

冰冷雨水不停滴落之中，芙洛兒來到剩下三步路的距離時，發現了那存在。

馬車的一邊車輪因為速度太快而陷入地面。

一名男子被壓在馬車底下。

乍看下，男子沾滿泥土和鮮血的面容像是疲倦想睡的樣子。

「……被追上……了啊。」

男子口中還吐著白色氣息。隨著證明生命的氣息湧出，男子說出如此鎮靜的話語。

芙洛兒走完最後三步，站到密爾頓面前。

「……雖然……我也覺得自己這樣太自私，但是……」

密爾頓的左手有一半面積已支離破碎，眼見就要斷了。

他一邊拚命伸長還能夠活動的右手，一邊擠出話語接續說：

「救我。」

密爾頓的模樣怎麼看都不像救得活的樣子。

他自身似乎也覺得自己沒救了。

即便如此，人們臨死之際還是會做垂死的掙扎。

芙洛兒也不覺得密爾頓的話語帶有虛假成分。

「我是一時衝動……才這麼做……我、我不是跟妳說過負債的事情嗎？」

密爾頓的笑臉或許是哭臉。

芙洛兒蹲下身子用手按住密爾頓的臉頰後，發現滑過臉頰的水滴很溫暖。

「我很害怕……所以……」

芙洛兒瞥了一眼密爾頓胸膛以下的身軀。

地面因為雨水而變得鬆軟，說不定密爾頓被壓在馬車底下的身軀沒有受傷。

而且，密爾頓用右手抓住芙洛兒小腿的力道也意外地有力。

如果立刻綁住密爾頓的左手加以止血，再用堆在馬車上的服裝替他取暖，然後叫歐拉趁著搬開馬車的時間去向人求救，或許還有救。

「下次，我絕對不會背叛妳，所以……」

「所以要我救你？」

芙洛兒反問道。她首度開口說話的舉動，或許讓密爾頓覺得看見了一道曙光。

密爾頓的笑臉變得明顯。

「求求……妳，求求妳。」

受到懇求後，芙洛兒閉上眼睛。

密爾頓更加重了右手的力量。

「我們同是貴族出身，不是嗎？」

然後，當芙洛兒再次張開眼睛時，視線已沒有停留在密爾頓身上。

「……芙洛兒？」

芙洛兒無視於密爾頓感到懷疑的呼喚，緩緩伸出了手。

不知道是飛起的車輪碎片，還是固定在馬車某部位的零件。

芙洛兒看見一塊裂開的木頭插在地面上。

「芙洛……」

密爾頓的聲音逐漸轉小，並只轉動視線看向芙洛兒。
「歐拉。」
芙洛兒這麼呼喚後，對著走下山坡的忠實僕人說：
「貨物呢？」
「安然無恙。木箱內容物沒有損壞。要是掉進了泥濘裡，就徹徹底底沒戲唱了。」
「這樣啊。」
貨物安然無恙。
既然這樣，我應該也能獲救。
這樣的狀況下，一般都會抱有這般想法，所以密爾頓也展露了笑臉。
不過，芙洛兒太清楚那笑臉不是發自真心的笑臉。
因為芙洛兒手上握著從地面拔起、前端變得尖銳的木頭。
「這是你自身說過的話。」
聽到芙洛兒這句彷彿獨白的話語，密爾頓一副疲憊模樣看向天空接續說：
「除非……要舉辦葬禮，否則……黑衣服根本賣不出去。」
聰明的男人。
芙洛兒用力吸了口氣。

「我才在想妳今天看起來很美……原來如此……原、原來是這麼回事啊。」

密爾頓像在喘氣似地笑笑，而事實上也真的是發喘吧。

因為沾到泥巴加上天氣寒冷，還有想必是大量出血，密爾頓的臉色變成像黏土般的顏色。

密爾頓的視線看向天空。

他看向自己即將前往的下一個住所。

「原來如此……哈哈……」

密爾頓顯得疲憊地發出笑聲，然後忽然閉上眼睛，當他接著抬高臉時，露出滿面笑容這麼說：

「可、可惡！垂死的演技被妳識破了啊！」

演技再好，也不可能改變得了臉色。

儘管如此，芙洛兒還是不禁畏縮。

因為她察覺到了密爾頓的想法。

「欺騙妳的時候，我、我沒有半點遲疑！妳還保有貴族的天真想法，根本做不了生意！商人就算欺騙他人，也不會覺得良心受到譴責，甚至還會感到喜悅，就連神明也不畏懼——」

密爾頓說到一半停了下來，因為芙洛兒的身體蓋住了他。

不過，密爾頓的眼睛仍轉動著。

芙洛兒感到猶豫。

她猶豫著要不要把木頭插入密爾頓無法站起的身軀。

「喂。」

聽到密爾頓的話語，芙洛兒吃驚地縮起身子。

「……妳再不殺我，我都快死了。」

看見密爾頓露出溫柔表情說出這般話語，芙洛兒施加了身體重量。

他一輩子都忘不了木頭深深陷入的觸感。

「……很好，這樣就對了……」

鮮血的味道在芙洛兒口中整個蔓延開來。

密爾頓把他顫抖的手，壓在芙洛兒手上。

「當個沒血沒淚的優秀商人……」

事實上，這或許不是密爾頓在說話，而是血泡破裂的聲音。

芙洛兒一直保持著姿勢不動。

時間不知道過了多久。

芙洛兒站起身子時，覺得自己已經變了個人。

「歐拉。」

芙洛兒簡短地說完後，立刻得到回應。

「是。」

「把貨物纏在馬背上。還有，回到家後，立刻拿出剩下的黑色衣服和琥珀飾品，準備出貨。」

「是。」

芙洛兒看著沾在手上的鮮血後，發出最後指示說：

「雖說被趕出了家門，但畢竟是貴族子弟因為『意外』而死。為了參加葬禮，想必需要很多黑色衣服和樸素的琥珀飾品吧。」

「是。大小……」

歐拉說到一半，忽然閉上嘴巴。

他不是在演戲。

芙洛兒轉過身子後，歐拉立刻行了一個禮。

「我已經不是貴族。我是商人，名字是……」

為了成為連心靈上的平靜也拿來換金錢的商人，密爾頓推了芙洛兒一把幫她做出最後決心。

芙洛兒決定借用密爾頓的名字。

「伊弗。」

「啊？」

芙洛兒把密爾頓的拼寫字母加上直線和點。
就像兩人遭人陷害的手法一樣。
「我是商人，伊弗·波倫。」
雨水依舊不停落下。
伊弗重新纏上頭巾後，立刻幫起歐拉搬運貨物。
冰冷雨水不停滴落之中，伊弗·波倫踏出邁向富豪的第一步。

完

後記

好久不見，我是支倉凍砂。

第十一集了。這次是短篇集，加上這本已經發行了兩本短篇集。

老實說，出道前我只會寫長篇故事，短篇故事一直讓我有種非常棘手的感覺。而且，不管是長篇還是短篇，都必須用掉一個題材（也就是說，把題材用在短篇上太可惜了！）一方面因為受到這樣的觀念影響，所以一直沒有寫短篇故事，但實際寫寫看後，才驚訝地發現短篇故事意外地好寫。尤其是想要從頭到尾只描述赫蘿與羅倫斯的愚蠢互動時，短篇的適合度壓倒性地勝過長篇故事。

所以呢，這次收錄了赫蘿與羅倫斯的超閃光故事。讀者如有抱怨，恕不回應。

不過，這次伊弗的故事占了半本書。伊弗是在第五集、第八集，還有第九集出現過的女商人。因為伊弗這個角色非常適合我以前就很想採用，卻沒能採用的題材，所以這次特地讓她登場。不過，寫著寫著頁數超出預期的多，所以占了半本書。在已出版作品中，伊弗雖然是個守財奴，但這次作品中的她，還是個保有貴族天真想法的女孩。就我個人的想法，我希望大家讀完這篇短篇故事後，能夠回頭再讀一遍已出版作品中的伊弗故事。尤其是第八集以及第九集！

不管怎麼說，本著作的配角老是被人用了就丟，所以既然這次請了伊弗登場，下次我打算讓諾兒菈登場看看。老實說，諾兒菈的故事寫了大約一百五十張稿紙後，就被我丟在一旁。等我完成後，還是……我是已經想好了結局，只是……提不起勁……羊啊……

零零碎碎地寫著寫著，就填滿篇幅了。

下次的作品應該會是長篇故事，希望來得及在動畫第二季劇情高潮迭起時出版（註：以上指日本時間）！

支倉凍砂

國家圖書館出版品預行編目資料

狼與辛香料 / 支倉凍砂作
; 林冠汾譯. -- 初版. -- 臺北市 :
臺灣國際角川, 2007.08-
冊 ; 公分. -- (Kadokawa fantastic novels)
譯自 : 狼と香辛料
ISBN 978-986-174-451-3(第2冊 : 平裝). --
ISBN 978-986-174-492-6(第3冊 : 平裝). --
ISBN 978-986-174-560-2(第4冊 : 平裝). --
ISBN 978-986-174-646-3(第5冊 : 平裝). --
ISBN 978-986-174-783-5(第6冊 : 平裝). --
ISBN 978-986-174-949-5(第7冊 : 平裝). --
ISBN 978-986-237-310-1(第10冊 : 平裝). --
ISBN 978-986-237-458-0(第11冊 : 平裝)

861.57 96013203

Kadokawa
Fantastic
Novels

狼與辛香料 XI
Side Colors Ⅱ

（原著名：狼と香辛料XI Side Colors Ⅱ）

2010年1月27日 初版第1刷發行
2024年6月17日 初版第14刷發行

作者：支倉凍砂
插畫：文倉十
日版設計：渡辺宏一
譯者：林冠汾

發行人：台灣角川股份有限公司
總監：呂慧君
總編輯：蔡佩芬
主編：林秀儒
編輯：黎夢萍
設計指導：陳晞叡
美術設計：莊捷寧
印務：李明修（主任）、張加恩（主任）、張凱棋、潘尚琪

發行所：台灣角川股份有限公司
地址：104台北市中山區松江路223號3樓
電話：（02）2515-3000
傳真：（02）2515-0033
網址：www.kadokawa.com.tw
劃撥帳戶：台灣角川股份有限公司
劃撥帳號：19487412
法律顧問：有澤法律事務所
製版：巨茂科技印刷有限公司
ISBN：978-986-237-458-0